Hermann Melville

Meine Abenteuer auf einer Marquesasinsel

Salzwasser

Hermann Melville

Meine Abenteuer auf einer Marquesasinsel

1. Auflage | ISBN: 978-3-84608-176-1

Erscheinungsort: Paderborn, Deutschland

Erscheinungsjahr: 2015

Salzwasser Verlag GmbH, Paderborn.

Meine Abenteuer

uf einer Marquesasinsel

oder

Vier Monate unter Menschenfressern.

Von

Hermann Melville.

Frei nach dem Englischen.

Mit vier fein kolorirten Bildern.

Stuttgart & Leipzig.

Verlag von Otto Risch.

Inhalt.

Die Erlebnisse, welche der Gegenstand der nachfolgenden Blätter sind, fallen in den Sommer des Jahres 1842, wo ich als Matrose auf der „Dolly", einem amerikanischen Südseefahrer, die Marquesasinseln besuchte. Manches in meiner Erzählung wird dem Leser seltsam oder vielleicht ganz unbegreiflich erscheinen, und mir selbst ging es zu der betreffenden Zeit nicht anders damit. Ich erzähle es aber gerade so, wie ich es erlebte, und überlasse Jedem, sich seine eigene Ansicht darüber zu bilden, in der Hoffnung, daß mein ernstes Bestreben, die ungeschminkte Wahrheit zu berichten, mir das Vertrauen meiner Leser erwerben werde. Doch zur Sache.

Erstes Kapitel.

Die Marquesasinseln.

Ein volles halbes Jahr lang hatten wir, ohne Land zu sehen, Tag und Nacht auf den Wogen des stillen Oceans geschaukelt und unter der glühenden Sonne der Linie dem Pottwallfischfang obgelegen. Schon seit Wochen waren alle unsere frischen Mundvorräthe aufgezehrt.

Keine süße Kartoffel, keine Brodwurzel war mehr übrig; die herrlichen Bananenbüschel, welche früher das Hintertheil unseres Schiffes und das Halbdeck schmückten, und die köstlichen Orangen, die von unsern Marsen und Stags herabhingen, waren verschwunden, — eingesalzenes Fleisch und Schiffszwieback war Alles, was wir noch hatten. In dem Geflügelstalle befand sich nur noch Ein einsamer Bewohner, einst ein munterer junger Hahn, umgeben von gackernden Hühnern, dem aber eine seiner Gefährtinnen nach der andern entrissen worden war, und der nun, von dem schimmligen Korne vor ihm und dem Brackwasser in seinem kleinen Troge mit Ekel sich abwendend, trübselig und abgezehrt um seine verlorenen Gefährtinnen zu trauern schien. Doch seine Trauerzeit sollte nicht mehr lange dauern; denn Mungo, der schwarze Koch, vertraute mir an, daß das Todesurtheil des armen „Ritters von der traurigen Gestalt" endlich unterzeichnet sei und derselbe am nächsten Sonntage die Tafel des Kapitäns zieren solle. Die ganze Mannschaft freute sich über diese Nachricht, weil man allgemein der Meinung war, die Gedanken unseres eisenharten Kapitäns würden sich nicht landwärts richten, so lange er noch ein Gericht frischen Fleisches an Bord in Aussicht hätte, und doch verlangten wir Alle sehnlich nach dem Lande, nachdem wir so lange nichts als Himmel und Wasser gesehen hatten.

Unser altes Schiff selbst schien des rastlosen Umhertreibens auf den Wogen müde zu sein; denn ich hörte den ehrlichen Jack Lewis dem Kapitäne, der sein Steuern tadelte, erwidern, er sei gewiß ein so guter Steuermann, als irgend Einer, aber die alte verwitterte Mamsell wolle Niemanden mehr recht gehorchen, man möge sie streng oder gelinde behandeln, und das, setzte er hinzu, komme Alles daher, weil sie spüre, daß das Land leewärts liege, — windwärts werde kein Mensch sie mehr bringen. Auch das Aussehen des Schiffes war fadenscheinig genug: der Anstrich an seinen Seitenwänden war in der glühenden Sonne ganz verblichen und voll Sprünge; so oft es auf einer Woge emporstieg, sah man, wie sein Kupferbeschlag theils weggerissen war, theils in Fetzen herabhing, und an seinem Hintertheile hatte sich ein häßlicher Klumpen Entenmuscheln angesetzt, während es zugleich einen Schweif langen Seegrases hinter sich herzog.

Endlich erscholl die Freudenkunde: „Nächste Woche geht es nach den Marquesasinseln!“ An diesen Namen schon knüpfte sich in meiner Einbildungskraft eine Menge der fremdartigsten Dinge, — tätowirte Häuptlinge, Menschenfresser um lodernde Feuer gelagert, Haine von Cocosnußbäumen, sonnige Thäler mit Brodfruchtbäumen bepflanzt, zackige Corallenriffe, ausgehöhlte Canoes auf blauen Wellen hintanzend, von schrecklichen Götzenbildern bewachte düstere Wälder, Bambustempel, heidnische Ceremonien und Menschenopfer! Solche Bilder beschäftigten mich während der 18—20 Tage, in welchen uns die leichten Passatwinde von unserem bisherigen Jagdgebiete, etliche und zwanzig Grade westlich von den Gallipagos, sachte auf die Marquesasinseln zuwehten. Ich brannte vor Begierde, diese Inseln zu sehen, welche die alten Seefahrer mit so glühenden Farben geschildert haben.

Die Inselgruppe, der wir nun entgegensteuerten, wurde im Jahr 1595 von dem spanischen Seefahrer Mendanna, während er in der Aufsuchung eines Goldlandes begriffen war, entdeckt und zu Ehren des Marquis von Mendoza, damaligen Vicekönigs von Peru, unter dessen Auspizien er segelte, Marquesasinseln benannt. Gleich einem Feenlande tauchten diese reizenden Eilande vor seinen Blicken auf, und obgleich er sich in seiner anfänglichen Hoffnung, ein Goldland in ihnen zu finden, getäuscht sah, gab er doch bei seiner Rückkehr der Welt eine zwar nur sehr unbestimmte, aber begeisterte Schilderung von ihrer Schönheit. Sie sanken jedoch wieder in ihr früheres Dunkel zurück, so daß, wenn vielleicht einmal in einem halben Jahrhunderte ein Abenteurer sie betrat, derselbe, höchlich überrascht von dieser neuen Scenerie, fast versucht sein mochte, auf das Verdienst ihrer Entdeckung Anspruch zu machen. Cook berührte bei seinen wiederholten Erdumseglungen nur ihre Küsten. Erst in neuester Zeit hat man etwas mehr von ihnen erfahren, obgleich die Nachrichten über sie noch immer sehr dürftig sind. Zwar liefen dann und wann amerikanische und englische Wallfischfänger, um frische Mundvorräthe einzunehmen, in den bequemen Hafen, den eine dieser Inseln hat, ein; aber Furcht vor den Eingebornen, unter deren Händen schon manche Weiße eines schrecklichen Todes starben, hielt die Mannschaft dieser Schiffe ab, sich so weit unter die Bevölkerung zu mischen, daß sie einen Blick in deren eigenthümliche Sitten und Gebräuche hätten werfen können. Missionare, besonders von der Tahitimission, bemühten sich zu verschiedenen Zeiten, die Eingebornen für ihre heilige Sache zu gewinnen, erfuhren aber immer eine Behandlung, welche selbst die muthigsten zurückschreckte. Erst kurz vor meiner Ankunft war ein Missionar mit seiner Frau, vielleicht der ersten Europäerin, welche je die Gestade der Marquesasinseln betrat, nach einem gänzlich verunglückten Versuche und einer ihnen widerfahrenen sehr unziemlichen Behandlung nach Tahiti zurückgekehrt. So fand ich denn die Eingeborenen noch ganz in ihrem ursprünglichen und barbarischen Zustande. Als ich zwei bis drei Jahre nach den in den folgenden Blättern erzählten Erlebnissen auf einem amerikanischen Kriegsschiffe diese Inseln wieder berührte, rühmten sich zwar die Franzosen, welche dieselben nun schon einige Zeit inne hatten, des wohlthätigen, in dem Benehmen der Eingebornen bereits sehr deutlich hervortretenden Einflusses ihrer Rechtspflege; gewiß ist aber nur, daß sie bei einem ihrer Besserungsversuche in Whitihu gegen 150 Insulaner hingeschlachtet hatten. Doch ich kehre zu meiner Erzählung zurück.

Um nach den Marquesasinseln zu kommen, brauchten wir nur

das Schiff vor dem Winde zu halten, welcher, da er ganz gleichmäßig in der günstigsten Richtung blies, uns alle sonstige Mühe ersparte. Wir spannten daher ein Zelttuch über das Vorderkastell und lagen, aßen und schliefen darunter den langen lieben Tag. Manchmal jedoch raffte ich mich aus der Erschlaffung, die mich gleich den Andern wie ein Zauber gefesselt hielt, ein wenig auf, um die wundervolle Scenerie um mich her zu betrachten. Der Himmel war klar und vom zartesten Blau, ausgenommen an den Rändern des Horizonts, wo man eine dünne Draperie blasser Wolken sah, deren Gestalt und Farbe sich stets gleich blieb. In breiten, weithin rollenden Wogenstreifen rauschte der Ocean majestätisch dahin, seine Oberfläche von winzigen, im Sonnenscheine schimmernden Wellen gekräuselt. Von Zeit zu Zeit schoß eine Schaar fliegender Fische, aus dem Wasser unter dem Bug aufgeschreckt, in die Luft empor und fiel im nächsten Augenblicke gleich einem Silberregen wieder in die See. Dann sah man einen einzelnen Albicor mit seinen glitzernden Seiten in die Höhe schweben und den prächtigen Fisch, abwärts einen Bogen beschreibend, auf der Oberfläche des Wassers verschwinden. In der Ferne zeigte sich der hohe Wasserstrahl des Wallfischs und mehr in der Nähe, obgleich in behutsamer Entfernung sich haltend, trieb sich der verschmitzte Straßenräuber des Meeres, der schreckliche Hai, umher und betrachtete uns mit seinem tückischen Scheelauge. Manchmal sank ein auf der Oberfläche schwimmendes ungestaltes Ungeheuer der Tiefe bei unserer Annäherung langsam in die blauen Gewässer hinab und verschwand vor unsern Blicken. Aber den tiefsten Eindruck machte die fast durch nichts unterbrochene Stille, die über Himmel und Meer ausgebreitet lag.

Als wir dem Lande näher kamen, zeigten sich zahllose Seevögel. Krächzend und in Kreisen die Luft durchschwirrend begleiteten sie unser Schiff, und manchmal ließen sie sich auf unsere Raaen und Stags nieder. Bald kamen auch andere Anzeichen von der Nähe des Landes zum Vorscheine, und endlich erscholl vom Mastkorbe herab in dem lang gehaltenen Tone, wie der Matrose ihn liebt, der Freudenruf: „Land ho!“ Der Kapitän rannte aus seiner Kajüte auf das Verdeck und schrie nach seinem Fernrohre; der Steuermann donnerte ein dröhnendes: „Wo?“ zum Mastkorbe hinauf; der schwarze Koch streckte seinen Wollenkopf aus der Küche hervor, und Boatswain, der Hund, sprang von seinem Lager auf und bellte wie rasend. „Land, Land!“ tönte es aus allen Ecken. Ja, da lag es, — eine noch kaum bemerkbare unregelmäßige blaue Linie deutete die kühnen Umrisse der stolzen Höhen von Nukahiwa an.

Zweites Kapitel.

Nukahiwa.

Einige Seefahrer betrachten Ruahuga, Ruapoa und Nukahiwa als eine besondere Inselgruppe, welcher der Name „Washingtonsinseln“ beigelegt worden ist. Sie bilden ein Dreieck und liegen zwischen den Parallelkreisen von 8° 38″ und 9° 32″ südlicher Breite und 139° 20′ und 140° 10′ westlicher Länge von Greenwich (bei London). Wie unpassend es ist, sie als eine besondere Inselgruppe zu behandeln, geht deutlich genug daraus hervor, daß sie in der unmittelbaren Nachbarschaft der anderen Inseln, d. h. weniger als einen Grad nordwestlich von ihnen liegen, daß ferner ihre Einwohner den Marquesasdialect reden und auch die Religion, die Gesetze und allgemeinen Sitten derselben theilen. Jene willkürliche Absonderung ist daher wohl einzig und allein dem eigenthümlichen Umstande zuzuschreiben, daß ihr Dasein der Welt bis zum Jahr 1791 unbekannt war, wo sie von Kapitän Ingraham aus Boston, im Staate Massachusetts, entdeckt wurden, — also fast zwei Jahrhunderte nach der Entdeckung der Nachbarinseln durch Mendanna.

Nukahiwa ist die wichtigste der Marquesasinseln, schon weil es allein vielfach von Schiffen berührt wird. Es ist ungefähr acht Stunden lang und fast ebenso breit und hat drei gute Häfen, deren größter und bester bei den in der Nähe Wohnenden „Tyohi" heißt und von Kapitän Porter, der während des letzten Kriegs zwischen England und den vereinigten Staaten auf Nukahiwa seine Schiffe ausbesserte, „Massachusettsbai" benannt wurde, bei den feindlichen Stämmen aber, die um die Ufer der anderen Buchten her wohnen, sowie bei allen Reisenden denselben Namen führt, wie die Insel selbst. Der Charakter der diesem Hafen benachbarten Eingebornen ist durch den Verkehr, den Europäer neuerdings mit ihnen angeknüpft haben, etwas verdorben; ihre eigenthümlichen Gebräuche aber und ihre Lebensweise im Allgemeinen sind fast noch dieselben, wie zu der Zeit, wo zuerst weiße Männer ihr Eiland betraten. Die feindlichen Stämme vollends, welche in den entfernteren Theilen der Insel wohnen und sehr selten mit Fremden in Berührung kommen, haben sich, seit man etwas von ihnen weiß, in keiner Beziehung verändert.

Gegen Sonnenuntergang hatten wir die Berge der Insel zu Gesichte bekommen, so daß wir, nachdem wir mit einem schwachen Winde die ganze Nacht hindurch gesegelt waren, am folgenden Morgen uns ganz nahe bei ihr befanden; da aber die Nukahiwabai an einer anderen Seite derselben liegt, so mußten wir noch eine Strecke an der Küste hinsegeln und konnten im Vorbeifahren flüchtige Blicke auf blühende Thäler, tiefe Schluchten, schäumende Wasserfälle und herrliche Waldpartieen werfen, welche da und dort von vorspringendem felsigem Hochlande verdeckt waren.

Gegen Mittag kamen wir an die Seite der Insel, wo der Hafen liegt, und endlich umsegelten wir langsam das Vorgebirge, das uns noch von demselben trennte, und fuhren in die Nukahiwabai ein. Keine Schilderung kann eine Vorstellung von ihrer Schönheit geben, aber diese Schönheit war damals für mich verloren; denn ich sah nichts, als die dreifarbige französische Flagge, die über dem Hintertheile von sechs Schiffen wehte, deren schwarze Rümpfe und trotzige Breitseiten deutlich genug von ihrem kriegerischen Charakter zeugten. Da lagen sie in der reizenden Bucht, und die grünen Küstenhöhen blickten so still und friedlich auf sie herab, als wollten sie ihnen ihr drohendes Aussehen verweisen. Nichts hätte mich mehr überraschen können, als die Anwesenheit dieser Schiffe; bald jedoch erfuhren wir, was sie hieher gebracht hatte. Die ganze Inselgruppe war erst kürzlich von dem Contreadmirale Du Petit Thouars im Namen der unüberwindlichen französischen Nation in Besitz genommen worden.

Als wir langsam in die Bai einfuhren, stießen von den umliegenden Gestaden viele Canoes ab, und bald sahen wir uns inmitten einer wahren Flotille, deren wilde Insassen zu uns an Bord zu kommen suchten und bei ihren vergeblichen Bemühungen mit ihren Canoes an einander rannten, so daß eine unbeschreibliche Verwirrung entstand. Da und dort sah man zwischen den Canoes viele Kokosnüsse dicht beisammen in kreisförmigen Gruppen schwimmen und mit jeder Welle auf und ab tauchen. Unerklärlicher Weise bewegten sich alle diese Nüsse in fester Richtung unserem Schiffe zu. Während ich mich vorbeugte, um dieses Räthsel zu lösen, zog eine Masse derselben, die den andern weit voran war, meine Aufmerksamkeit besonders auf sich. In ihrer Mitte war etwas, das ich für nichts Anderes als eine Kokosnuß, wenn auch eine von ungewöhnlicher Art, ansehen konnte. Auf's seltsamste drehte es sich und tanzte zwischen den anderen umher, und als es näher kam, schien es mir eine auffallende Aehnlichkeit mit dem braunen geschorenen Schädel eines Wilden zu haben. Auf einmal zeigte es ein Paar Augen, und bald bemerkte ich, daß es nichts Anderes als der Kopf eines Insulaners war, der auf diese originelle Weise seine Waare zu Markte brachte. Die Kokosnüsse waren mit Streifen von ihrer äußeren Hülse, welche theilweise von der inneren Schale abgelöst war, an einander gebunden, und nachdem der Eigenthümer derselben seinen Kopf mitten zwischen sie gesteckt hatte, schwamm er, Arme und Beine unter dem Wasser, mit seiner riesigen Nußhalsschnur rüstig vorwärts.

Etwas auffallend war es mir, daß ich unter den vielen Eingebornen, die uns umringten, kein einziges weibliches Wesen sah. Ich wußte damals noch nicht, daß diesem ganzen Geschlechte das Betreten eines Canoes in allen Theilen der Insel bei Todesstrafe verboten ist, so daß dort eine Dame, wenn sie eine Wassertour machen will, ihre eigenen natürlichen Ruder dazu in Anspruch nehmen muß. Wir waren etwa noch eine starke halbe Stunde von dem Fuße der Bai entfernt, als einige Insulaner, welchen es jetzt, obgleich mit der größten Gefahr für ihre Canoes, gelungen war, zu uns an Bord zu klettern, unsere Aufmerksamkeit auf eine seltsame Bewegung des Wassers vor uns lenkten. Anfangs schrieb ich sie einer auf der Oberfläche spielenden Schaar Fische zu, aber unsere wilden Freunde versicherten uns, daß sie von einer Schaar „Whinhenies", d. h. junger Mädchen, herrühre, welche vom Ufer herschwämmen, um uns zu bewillkommnen. Als sie näher kamen und ich beobachten konnte, wie ihre Gestalten auf den Wogen bald emporstiegen, bald hinabsanken, wie ihr rechter Arm die Tappaschürze über das Wasser hielt, und ihre langen dunklen Haare aufgelöst neben ihnen herschwammen, hätte ich mir fast vorstellen können, ebenso viele Meerjungfern vor mir zu sehen. Noch waren wir in einiger Entfernung von der Küste und segelten langsam dahin, als wir mitten unter diese schwimmenden Nymphen kamen. Mit bewundernswürdiger Gewandtheit erkletterten sie jetzt, an Tauen, Ketten und andern Gegenständen sich emporschwingend, unser Schiff und hielten sich dann lachend und plaudernd an den Schiffsseiten fest, bis sie, wobei eine der andern behülflich war, ihre dichten Haare in einen so kleinen Knoten als möglich geflochten, den ganzen Leib sorgfältig abgetrocknet und aus einer kleinen runden Muschel, die von Hand zu Hand ging, mit einem wohlriechenden Oele gesalbt und endlich ihre Toilette durch das Anlegen ihrer weißen Tappaschürzen vollendet hatten. Hierauf schwangen sie sich behende über die Bollwerke und sprangen auf das Verdeck. Manche von ihnen kamen vorwärts und setzten sich auf die Schiffsgeländer oder liefen auf das Bugspriet hinaus, während andere sich auf dem Hackbord niederließen oder sich in voller Länge auf den am Schiffe befestigten Booten ausstreckten. Sie waren alle noch sehr jung, ihre Farbe ein zartes Hellbraun, ihre Gesichtszüge fein, ihre Gestalten voll Anmuth und ihr lebhaftes Geberdenspiel durchaus zwanglos und ungekünstelt.

Während wir noch erstaunt zusahen, wie diese ungeladenen Gäste es sich auf unserem Schiffe bequem machten, erreichten wir den Ankerplatz. Als die Nacht einbrach, wurde das Verdeck mit Laternen beleuchtet, und mit Blumen und bunten Tappakleidern geschmückt, gaben die Whinhenies verschiedene Proben ihrer Nationaltänze, welche diese Insulanerinnen leidenschaftlich lieben.

Die Franzosen hatten zur Zeit unserer Ankunft die Marquesasinseln seit einigen Wochen im Besitze. Auf Nukahiwa waren etwa hundert Soldaten ausgeschifft, welche unweit der Küste unter Zelten campirten, die von einer Redoute mit einigen Neunpfündern und einem Graben umgeben waren. Alle zwei Tage marschirten diese Truppen in Reihe und Glied nach einem ebenen Platze in der Nähe und machten daselbst Stunden lang alle Arten militärischer Evolutionen durch, umgeben von Schaaren Eingeborner, welche mit Bewunderung auf das

Schauspiel, aber mit ebenso entschiedenem Haß auf die Schauspieler blickten. Ein Regiment der alten Garde, das an einem Sommertage auf den elysäischen Feldern gemustert wurde, hätte nicht sorgfältiger aufgeputzt sein können. Die Offiziere, deren Uniformen, als wollte man die Eingebornen dadurch blenden, von goldenen Tressen und Stickereien strotzten, sahen aus, als wären sie eben erst aus einer Pariser Schachtel ausgepackt worden.

Eine Schmiedesse, welche unter dem Schutze eines Haines an der Küste eingerichtet worden war, lockte einen so großen Haufen Insulaner herbei, daß es die ringsum aufgestellten Schildwachen die äußerste Anstrengung kostete, die neugierige Menge so weit entfernt zu halten, daß die Arbeiter ihrem Geschäfte obliegen konnten. Nichts jedoch erregte ihre Bewunderung in so hohem Grade, wie ein Pferd, welches der Achilles, eines der Schiffe des französischen Geschwaders, von Valparaiso mitgebracht hatte, und dem eine Hütte von Kokosnußbaumästen innerhalb der Verschanzung zum Stalle angewiesen worden war. Manchmal wurde das ausgezeichnet schöne Thier, mit einer Schabracke von lebhafter Farbe geschmückt, herausgeführt, und von einem der Offiziere bestiegen, der es in vollem Laufe über den harten Sandboden an der Küste hin galoppiren ließ. Dieser Anblick verfehlte nie ein lautes Beifallsgeschrei der Eingebornen hervorzurufen, und das „große Schwein" wurde von ihnen einstimmig für das merkwürdigste Geschöpf erklärt, das ihnen je vor die Augen gekommen sei.

Drittes Kapitel.

Der Entschluß.

Unser Schiff lag noch nicht viele Tage im Hafen von Nukahiwa, als ich zu dem Entschlusse kam, es zu verlassen. Daß gewichtige Gründe mich hiezu bestimmten, mag der Leser daraus entnehmen, daß ich sogar lieber unter den Wilden der Insel mein Glück versuchen, als noch eine Reise an Bord der „Dolly“ mitmachen wollte. Als ich nämlich auf dieser Dienste nahm, unterzeichnete ich, wie natürlich, die Schiffsartikel und verpflichtete mich dadurch, für die Zeit der bevorstehenden Seereise in einer gewissen Eigenschaft an Bord des Fahrzeugs zu dienen. Allein bei allen Verträgen fällt, wenn die eine Partei die von ihr übernommenen Verpflichtungen nicht erfüllt, die Verbindlichkeit der andern, die ihrigen zu halten, von selbst hinweg. Nun aber waren in zahllosen Fällen nicht blos die von selbst verständlichen, sondern auch die ausdrücklichen Vertragsbedingungen von Seiten des Schiffs verletzt worden. Die Behandlung an Bord desselben war tyrannisch; die Kranken wurden unmenschlich vernachlässigt, die Lebensmittel in unzureichenden Portionen ausgetheilt, die Reise unmäßig in die Länge gezogen. Der Urheber dieser Uebelstände war der Kapitän, und nicht entfernt durfte man hoffen, daß er sie abstellen und sein im höchsten Grade willkürliches und heftiges Benehmen ändern würde. Die Antwort, die er auf alle Klagen und Vorstellungen stets bereit hatte, war — das dicke Ende einer Handspeiche, das mit so überzeugender Kraft angewendet wurde, daß es auch den beredtesten Kläger zum Schweigen brachte. Bei einer höheren Behörde konnten wir keine Zuflucht suchen, und unsere Schiffsmannschaft bestand, mit sehr wenig Ausnahmen, aus einem Haufen feiger, niedriggesinnter Wichte, die, unter sich uneins, nur im widerstandslosen Ertragen der Tyrannei des Kapitäns einig waren. Tollheit aber wäre es gewesen, wenn zwei oder drei von uns, ohne Beihülfe der Uebrigen, seinen Mißhandlungen sich hätten widersetzen wollen. Sie würden dadurch nur die Lage ihrer Schiffsgenossen verschlimmert und auf sich selbst die besondere Rache des „Ritters von der Planke" herabbeschworen haben.

Die üble Behandlung auf dem Schiffe hätte sich übrigens noch ertragen lassen, wenn wir die Aussicht gehabt hätten, durch das richtige Einhalten der festgesetzten Zeit unserer Knechtschaft bald aus dieser befreit zu werden. Allein die Wallfischexpeditionen um das Kap Horn dauern oft vier bis fünf Jahre; wir aber waren erst vor fünfzehn Monaten abgesegelt und in unserem Unternehmen bisher nicht glücklich gewesen, so daß trotz unseres auf einen bestimmten Termin lautenden Vertrags bei der Willkürlichkeit des Kapitäns das Ende unserer Fahrt vor der Hand gar nicht abzusehen war. Wirklich täuschte ich mich auch in meinen damaligen Vermuthungen nicht; denn obgleich schon mehr als drei Jahre verflossen sind, seitdem ich besagtes Schiff verließ, segelt es doch noch immer im stillen Meere umher, und erst vor wenigen Tagen berichteten die öffentlichen Blätter, daß es die Sandwichinseln berührt habe, um von dort seinen Kurs nach der japanischen Küste zu richten.

Unter diesen Umständen beschloß ich die Dolly zu verlassen, und wiewohl ich sehr gewünscht hätte, es auf eine ehrenvollere Art thun zu können, so blieb mir doch kein anderer Weg übrig, als die Flucht. Sobald ich mich hiefür entschieden hatte, suchte ich mir so genaue Nachrichten über die Insel und ihre Bewohner, als nur immer möglich war, zu verschaffen, um meine Maßregeln darnach zu nehmen. Das Ergebniß meiner Nachforschungen theile ich nun dem Leser mit, damit er die nachfolgende Erzählung um so besser verstehen kann.

Die Bai von Nukahiwa ist ihrer Gestalt nach einem Hufeisen nicht unähnlich und mag gegen vier Stunden im Umfang haben. Man nähert sich ihr von der See aus durch einen engen Eingang, wobei man auf jeder Seite ein Paar Zwillingsinseln hat, welche kegelförmig bis zu einer Höhe von etwa 500 Fuß aufsteigen. Von diesen an tritt die Küste zu beiden Seiten zurück und beschreibt einen tiefen Halbkreis. Vom Rande des Wassers erhebt sich das Land, und zwar auf allen Seiten gleichmäßig, mit sanften, grünen Abhängen, bis es von wellenförmig ansteigenden Hügeln unmerklich zu stolzen, majestätischen Höhen sich thürmt, deren blaue Umrisse den Hintergrund bilden. Die Schönheit der Küste wird durch tiefe, romantische Thaleinschnitte erhöht, welche, alle von einem gemeinschaftlichen Mittelpunkte ausgehend, in fast gleichen Zwischenräumen sich zu derselben herabziehen, und deren obere Enden sich in den Schatten der Berge verlieren. Durch jedes dieser kleinen Thäler fließt ein klarer Strom herab, der da und dort die Gestalt einer kleinen Cascade annimmt, dann unsichtbar sich abwärts stiehlt, bis er in größeren und geräuschvolleren Wasserfällen wieder zum Vorschein kömmt und endlich gesetzt und sittsam dem Meere zufließt. Die Häuser der Eingebornen, von gelbem Bambus erbaut, geschmackvoll gleich einem Flechtwerke zusammengefügt und mit den langen spitz zulaufenden Blättern der Tannenpalme gedeckt, sind in diesen Thälern unter den schattigen Zweigen der Kokosnußbäume unregelmäßig zerstreut. Oft, wenn ich in Bewunderung der entzückend schönen, gleich einem großen Amphitheater sich vor uns ausbreitenden Landschaft versunken war, bedauerte ich nur, daß sie, in diesen entlegenen Gewässern der Welt verborgen, so selten Solchen zu Gesichte kommt, welche ächten Sinn für Naturschönheiten haben.

Außer dieser Bai haben die Gestade der Insel mehrere andere große Einschnitte, zu denen sich breite grüne Thäler herabziehen.

Letztere werden von ebenso vielen besonderen Stämmen bewohnt, welche, obgleich sie verwandte Dialecte einer gemeinsamen Sprache reden und dieselbe Religion und Gesetzgebung haben, doch seit undenklichen Zeiten in einem von Geschlecht auf Geschlecht sich forterbenden Kriegsverhältnisse mit einander stehen. Die dazwischen liegenden Berge, gewöhnlich 2—3000 Fuß über der Meeresfläche, bilden die natürliche Grenzscheide der Gebiete jener feindlichen Stämme, welche dieselben nur auf Kriegs- oder Raubzügen überschreiten. Wegen der obwaltenden Feindseligkeiten sind diese Gebirgsstrecken selbst gänzlich unbewohnt, und ich habe mehr als einmal ganz alte Männer getroffen, welche um der gefährlichen Nachbarschaft willen ihr heimathliches Thal noch nie verlassen, ja sich nicht einmal halbwegs die anstoßenden Berge hinaufgewagt hatten. Unweit Nukahiwa und nur durch die Berge, die man vom Hafen aus sieht, davon getrennt liegt das reizende Thal Happar, dessen Bewohner mit denen von Nukahiwa im freundlichsten Verhältnisse stehen, auf der andern Seite von Happar dagegen das prächtige Thal der gefürchteten Typis, der unversöhnlichen Feinde jener beiden Stämme.

Diese auf der ganzen Inselgruppe berühmten Krieger jagen den übrigen Insulanern unbeschreiblichen Schrecken ein. Schon ihr Name ist furchtbar; denn das Wort „Typi“ bedeutet im marquesanischen Dialecte einen „Liebhaber von Menschenfleisch“. Zwar ist es seltsam, daß ausschließlich ihnen dieser Titel gegeben wird, da die Eingebornen dieser ganzen Inselgruppe ausgemachte Menschenfresser sind. Doch mag der Name ihnen gegeben worden sein, um die besondere Wildheit dieses Stammes zu bezeichnen. Die Eingebornen von Nukahiwa erzählten oft durch Pantomimen unsern Leuten die schrecklichen Thaten der Typis und zeigten ihnen die Narben von Wunden, die sie in verzweifelten Kämpfen mit ihnen empfangen hatten. Waren wir am Ufer, so suchten sie uns zu erschrecken, indem sie auf einen unter ihnen deutend, ihn einen Typi nannten, und nicht gering war ihr Erstaunen darüber, daß wir bei einer so fürchterlichen Ankündigung nicht alsbald Fersengeld zahlten. Auch war es komisch, mit welchem Eifer sie alle cannibalischen Neigungen ihres eigenen Stammes bestritten, während sie ihre Feinde, die Typis, als eingefleischte Menschenfresser bezeichneten. Obgleich ich übrigens überzeugt war, daß die Anwohner unserer Bai eben solche Erzcannibalen waren, wie irgend einer der anderen Stämme der Insel, so konnte ich doch einer besonderen Antipathie gegen die Typis mich nicht erwehren. Schon vor meiner Ankunft hatte ich aus dem Munde von Männern, welche auf früheren Reisen die Marquesasinseln besucht hatten, haarsträubende Geschichten von diesen Wilden gehört, und noch frisch in meinem Gedächtnisse war das Abenteuer des Masters der „Catharine“, welcher erst einige Monate vorher des Tauschhandels halber sich unvorsichtiger Weise in einem bewaffneten Boote in diese Bai gewagt hatte, von den Eingebornen ergriffen, in ihr Thal geschleppt und vor einem grausamen Tode nur durch die Dazwischenkunft eines jungen Mädchens bewahrt worden war, welches ihm bei Nacht längs der Küste nach Nukahiwa entkommen half. Auch hatte ich von einem englischen Schiffe gehört, das vor vielen Jahren nach einer langen beschwerlichen Fahrt in die Bai von Nukahiwa einlaufen wollte, aber von einem großen mit Typis angefüllten Canoe, die dem Kapitän den Weg zu zeigen versprachen, in deren eigene Bai geführt wurde, wo die treulosen Wilden in der darauf folgenden Nacht zu Hunderten auf dem Schiffe erschienen und auf ein gegebenes Signal Alles an Bord niedermetzelten. Der tapfere Kapitän Porter, der um das Jahr 1814 den Einwohnern von Nukahiwa und Happar zu Liebe und in Verbindung mit ihnen die Typis in ihrem Thale angriff, um sie zu unterjochen, wurde von denselben, obgleich mit großem Verluste von ihrer Seite zurückgeschlagen, und die Erinnerung daran war wohl keiner der geringsten Beweggründe, warum die Franzosen bei unserer Ankunft der Bai von Typi noch keinen Besuch abgestattet hatten, da sie einen blutigen Zusammenstoß mit den dortigen Wilden wenigstens vor der Hand zu vermeiden wünschten. Nie werde ich die Bemerkung vergessen, welche einer von unserer Mannschaft machte, als wir bei unserer Ankunft an dem hohen, grünen Gestade der Typibai langsam vorbeisegelten. „Da," rief er, „da ist Typi! O was für eine Mahlzeit würden sich die blutdürstigen Cannibalen aus uns bereiten, wenn wir es uns einfallen ließen, bei ihnen zu landen! Doch sagt man, sie lieben Seemannsfleisch nicht sonderlich, es sei ihnen zu salzig. Nun, wie würde es Euch gefallen," wandte er sich dann mit einem grinsenden Lächeln zu mir, „wenn Ihr da an's Land gesetzt würdet? he?" In diesem Augenblick hatte ich keine Ahnung davon, daß ich mich nach wenigen Wochen wirklich als Gefangener in ebendemselben Thale befinden würde. Doch es ist Zeit, den Faden meiner Erzählung wieder aufzunehmen.

Ich gründete meinen Plan zur Flucht auf den oben erwähnten Umstand, daß die Insulaner nur die Tiefen der Thäler bewohnten und, wenn sie nicht gerade auf einem Kriegs- oder Raubzuge begriffen waren, die höher gelegenen Strecken sorgsam vermieden. Gelänge es mir, dachte ich, unbemerkt die Berge zu erreichen, so könnte ich dort, von Früchten mich nährend, bis zur Abfahrt des Schiffes verweilen, die mir auf meinem hohen Standpunkte, von dem aus ich den ganzen Hafen übersehen würde, nicht verborgen bleiben könnte. Wie angenehm mußte es sein, unter einem Kokosnußbaume sitzend auf das vermaledeite alte Fahrzeug aus einer Höhe von etlichen tausend Fuß hinabzublicken und die weite grüne Landschaft um mich her mit seinen engen Verdecken und seinem düsteren Vorderkastelle zu vergleichen! Freilich mußte ich mir auch die Möglichkeit denken, einem streifenden Haufen blutdürstiger Typis in die Hände zu fallen; aber wagen mußte ich etwas, um meinen Entschluß auszuführen. Auch gab es ja wohl genug Verstecke auf den Bergen.

Ich hatte mir vorgenommen, keiner Seele etwas von meiner Absicht zu sagen; in einer Nacht aber, als ich mich auf dem oberen Verdecke befand und verschiedene Plane zur Flucht in mir bewegte, sah ich Einen von der Schiffsmannschaft in tiefes Nachsinnen versunken über das Bollwerk sich lehnen. Es war ein junger Mann von meinem Alter, gegen den ich von jeher eine herzliche Achtung und Zuneigung gehegt hatte, und Toby — so hieß er unter uns, denn seinen wahren Namen sagte er uns nie — war derselben auch in jeder Beziehung würdig. Er war thätig, gewandt, dienstfertig, muthig bis zur Verwegenheit und von seltener Offenheit und Furchtlosigkeit in der Aeußerung seiner Ansichten und Gefühle. Ich hatte ihm schon aus mehr als einer Klemme geholfen, worein die letztere Eigenschaft ihn gebracht hatte, und ich weiß nicht, ob dies oder eine gewisse Uebereinstimmung unserer Denkart die Ursache war, warum er meinen Umgang dem der Andern vorzog. Manche lange Wache hatten wir einander durch Plaudern, Singen und Erzählen verkürzt, wobei es auch nicht ohne Klagen über unser gemeinsames Geschick abgegangen war.

Toby hatte sich offenbar, gleich mir, früher in einer anderen Lebenssphäre bewegt, obgleich er dies sorgfältig zu verbergen suchte. Er war einer jener Menschen, wie man sie manchmal auf der See trifft, welche nie ihre Herkunft offenbaren, nie von ihrer Heimath reden und aus Gründen, die nur ihnen bekannt sind, die weite Welt durchwandern. Schon in seinem Aeußeren war Vieles, was mich zu ihm hinzog; denn während die äußere Erscheinung der Mehrzahl unserer Mannschaft ebenso gemein und roh war, wie ihr Sinn, besaß Toby eine sehr einnehmende Persönlichkeit. Mit seinem blauen Wammse und seinen weißen Beinkleidern angethan, war er ein so schmuck aussehender Junge, als je einer auf einem Verdecke hin und her schritt. Er war sehr klein und scheinbar zart gebaut, aber von großer Gelenkigkeit der Glieder; seine schon von Natur dunkle Gesichtsfarbe hatte sich unter dem Einflusse der tropischen Sonne noch mehr gebräunt, und um die Schläfe hing ihm eine Fülle rabenschwarzer Locken, welche einen tieferen Schatten auf seine großen dunkelblauen Augen warf. Uebrigens war er ein wunderlicher Mensch, oft schwermüthig, zu Zeiten mürrisch und manchmal, wenn er heftig gereizt wurde, so leidenschaftlich, daß sein Zustand an Raserei grenzte, und selbst die vierschrötigsten Bursche ihm aus dem Wege gingen. Dabei hatte er eine gute Dosis beißenden trockenen Witzes; aber nur lächeln sah man ihn hie und da, lachen nie.

In der letzten Zeit hatte Toby's Schwermuth sehr zugenommen. Seit unserer Ankunft bei der Insel hatte ich ihn oft vom Verdecke aus gedankenvoll nach der Küste blicken sehen, während die Uebrigen unten schwelgten und lärmten; auch wußte ich wohl, daß er des Lebens auf dem Schiffe gründlich überdrüssig war, und vermuthete, daß er eine gute Gelegenheit zur Flucht mit beiden Händen ergreifen würde. Aber da, wo wir damals lagen, war der Versuch so gefährlich, daß ich mich für den Einzigen an Bord hielt, der daran zu denken wagte. Doch hierin täuschte ich mich. Als ich in der oben erwähnten Nacht Toby ganz in sich gekehrt über das Bollwerk sich lehnen sah, kam mir plötzlich der Gedanke, daß der Gegenstand seines Nachsinnens vielleicht derselbe sei, wie der des meinigen. Und ist dem so, dachte ich, wäre er nicht gerade derjenige von der ganzen Mannschaft, den ich allein zum Genossen meines Abenteuers wählen möchte? und warum sollte ich nicht einen Gefährten zu gewinnen suchen, der die Gefahren desselben mit mir theilte und seine Beschwerden mir erleichterte? Vielleicht muß ich mich auf den Bergen Wochen lang verborgen halten, — welch ein Trost wäre mir in diesem Falle ein Gefährte!

Diese Gedanken fuhren mir blitzschnell durch den Sinn, und ich wunderte mich, daß ich nicht schon früher die Sache in diesem Lichte betrachtet hatte. Allein es war noch nicht zu spät. Ein leiser Schlag auf Toby's Schulter weckte ihn aus seiner Träumerei; ich fand ihn für das Unternehmen reif, wenige Worte genügten, uns zu verständigen, und innerhalb einer Stunde war unser Plan fertig. Den folgenden Tag sollte nämlich die Steuerbordwache, zu der wir Beide gehörten, frei bekommen und am Lande zubringen dürfen; dann wollten wir uns, so bald es auf eine unverdächtige Weise geschehen konnte, von den Uebrigen trennen und uns in die Berge schlagen. Vom Schiffe aus betrachtet erschienen zwar ihre Gipfel unzugänglich, aber da und dort senkten sich von ihnen aus fast bis zum Meere herab sanfter abfallende Höhen, welche wie Strebepfeiler die hohen Berge, von denen sie ausliefen, stützten und die früher beschriebenen von oben strahlenförmig ausgehenden Thäler zwischen sich ließen. Den Rücken eines dieser Bergabhänge, der gangbarer schien, als die übrigen, beschlossen wir zu erklimmen, in der Ueberzeugung, daß er uns auf die Höhe führen würde. Wir merkten uns daher vom Schiffe aus genau seine Lage, um ihn nach unserer Landung nicht zu verfehlen. Hoch im Gebirge wollten wir uns dann bis zur Abfahrt unseres Schiffes verbergen, hierauf versuchen, welche Aufnahme wir bei den Bewohnern des Nukahiwathales finden würden, und, nachdem wir, so lange es uns gefiele, auf der Insel geblieben sein würden, sie mit der ersten günstigen Gelegenheit verlassen.

Wir besiegelten unseren Bund mit einem herzlichen Händedruck und begaben uns dann, um keinen Verdacht zu erregen, ein Jeder in seine Hängematte.

Viertes Kapitel.

Die Flucht.

Früh am nächsten Morgen wurde die Steuerbordwache auf dem Halbdecke gemustert, und unser würdiger Kapitän hielt eine Rede an uns, deren kurzer Sinn war, daß er nach unserem halbjährigen Kreuzen auf der See und nach Beendigung des größten Theils unserer Geschäfte im Hafen uns heute einen Feiertag gewähren wolle, aber nur, weil wir, wenn er es nicht thäte, wie ebenso viele alte Donnerbüchsen brummen würden; denn das Umherschweifen auf der Insel sei wegen der Menschenfresser höchst gefährlich. Denen aber, welche trotz seiner Warnung dennoch an's Land wollen, rathe er, wenigstens dicht bei dem französischen Lager zu bleiben und vor Sonnenuntergang wieder an Bord zu sein. Kaum hatte er den Mund geschlossen, so entstand eine allgemeine Bewegung gegen das Vorderkastell, und bald darauf waren Alle mit den Vorbereitungen zu ihrem Ausfluge emsig beschäftigt, wobei die Rede „des alten Drachen", der Einem ein paar freie Stunden mißgönne, unter Schelten und Lachen durchgehechelt wurde.

Während die Uebrigen, wie es bei solchen Gelegenheiten gewöhnlich ist, sich so stattlich als möglich aufzuputzen suchten, begnügten Toby und ich uns, neue starke Beinkleider von Segeltuch, gute Schuhe und schwere Havrewämmser anzuziehen und Paytahüte aufzusetzen. Als unsere Kameraden sich hierüber wunderten, sagte Toby in seiner komischen trockenen Weise, die Andern mögen thun, was ihnen beliebe, aber er spare seine Staatskleider für bessere Gelegenheiten auf; wegen eines Haufens unbehoster Wilden könne es ihm nicht einfallen, sich bis auf den Boden seiner Kleiderkiste durchzuarbeiten, eher hätte er Lust, in ihrem eigenen Kostüm unter ihnen aufzutreten. Die Leute lachten und nahmen es für einen jener wunderlichen Einfälle, wie man sie schon an ihm gewohnt war. So entgingen wir jedem Verdachte.

Zwei Glockenschläge riefen uns in's Boot. Ich blieb einen Augenblick im Vorderkastelle zurück, um von diesem mir so vertraut gewordenen Raume gleichsam Abschied zu nehmen, und wollte jetzt eben auch auf das Verdeck steigen, als mein Blick auf den Brodkorb und das Fleischfäßchen fiel, welche die Ueberbleibsel unseres hastig eingenommenen Frühstücks enthielten. Obgleich ich nun bisher, ganz auf die Früchte der Insel mich verlassend, die ich überall zu finden hoffte, nicht daran gedacht hatte, mich für unser Unternehmen mit Lebensmitteln zu versorgen, so nahm ich jetzt doch, einer augenblicklichen Eingebung folgend, zwei Hände voll kleiner Schiffszwiebackbrocken und schob sie vorne in mein Wamms. Schon vorher hatte ich in diesem weiten Behälter mehrere Pfunde Kautaback und einige Ellen Baumwollentuch untergebracht, um mir damit, so bald wir nach der Abfahrt des Schiffes uns unter den Eingebornen zeigen würden, ihre Freundschaft zu erwerben.

Während ich mich bemühte, alle diese Gegenstände jetzt so zu vertheilen, daß nirgends an meiner Kleidung ein zu auffallender Bausch entstände, hörte ich ein Dutzend Stimmen meinen Namen singen. Ich sprang auf's Verdeck und sah bereits die ganze Gesellschaft, ungeduldig der Abfahrt harrend, im Boote. Ich glitt über die Schiffsseite hinab und setzte mich zu der Steuerbordwache in das Hintertheil des Boots, während die armen Gesellen vom Backborde die Ruder ergriffen und vom Schiffe abstießen.

Auf den Inseln war es gerade Regenzeit, und fast seit Tagesanbruch hatten die Wolken ihr Naß wie aus Eimern herabgeschüttet. Kurz nachdem wir das Schiff verlassen hatten, fielen wieder große

Tropfen, und als wir landeten, goß der Regen in Strömen herab. Wir flüchteten uns unter das Dach eines großen Canoehauses, das hart an der Küste stand, und wollten hier warten, bis der heftigste Regen seine erste Wuth ausgetobt hätte. Er ließ jedoch nicht nach, und das eintönige Anschlagen desselben an unser Dach begann einen einschläfernden Einfluß auf unsere Kameraden zu üben, welche, da und dort auf den großen Kriegscanoes ausgestreckt, nachdem sie eine Zeit lang geplaudert hatten, alle einschlummerten.

Dieß war eine Gelegenheit zur Ausführung unseres Planes, wie wir sie uns nicht besser hätten wünschen können. Toby und ich schlichen uns aus dem Canoehause und eilten nach einem ganz nahen großen Haine. Nach einem angestrengten Laufe von zehn Minuten kamen wir auf eine offene Stelle, von wo aus wir den Bergrücken, welchen wir ersteigen wollten, durch die neblige Regenluft eben noch unterscheiden konnten. Er mochte eine starke halbe Stunde von uns entfernt sein, und der gerade Weg zu ihm führte durch einen ziemlich bevölkerten Theil der Bai; da wir nun den Eingebornen auszuweichen und unbemerkt in die Berge zu entkommen suchen mußten, so zogen wir es vor, einen Umweg durch ausgedehnte Dickichte zu machen. Der anhaltende heftige Regen begünstigte unsere Flucht, sofern er die Insulaner in ihren Häusern zurückhielt und uns vor dem Zusammentreffen mit ihnen bewahrte; aber unsere ohnehin schweren Wämmser wurden bald ganz mit Wasser gesättigt, und ihr Gewicht, sowie das der unter ihnen verborgenen Gegenstände, hemmte unser Vorwärtskommen nicht wenig. Doch wir hatten keine Zeit zum Stillestehen und thaten unser Bestes, weiter zu kommen.

Seit dem Verlassen des Canoehauses hatten wir kaum eine Sylbe mit einander gewechselt; als wir aber in dem Gehölze auf eine zweite kleine Lichtung gelangten und den Bergrücken vor uns wieder zu Gesichte bekamen, nahm ich Toby beim Arme, deutete nach den blauen Höhen, zu denen er sich hinaufzog, und sagte leise: „Nun, Toby, weder ein Wort, noch einen Blick rückwärts, bis wir auf jenen Höhen stehen! wenn wir dort sind, was in ein paar Stunden möglich ist, so können wir laut lachen. Du bist der Schlankere und Leichtere, darum voran, ich folge Dir!“

„Gut, Bruder,“ versetzte Toby, „nur laß uns dicht beisammen bleiben!“ Mit diesen Worten sprang er so leicht wie ein Reh über einen Bach, der unsern Weg kreuzte, und lief dann rasch voran.

Als wir nicht mehr weit von dem Bergrücken entfernt waren, wurden wir durch eine Masse hoher gelber Rohre aufgehalten, welche so dicht wuchsen, als sie nur immer neben einander stehen konnten, und so hart und steif wie Eisenstäbe waren; auch bemerkten wir zu unserem Verdrusse, daß sie bis zur Mitte der vor uns sich erhebenden Seitenwand des Bergrückens hinaufreichten. Einen Augenblick sahen wir uns nach einem gangbareren Wege um, allein wir überzeugten uns alsbald, daß uns nichts Anderes übrig blieb, als durch dieses Rohrdickicht zu dringen. Wir änderten jetzt unsere Marschordnung, indem ich als der Schwerere voranging, um wo möglich eine Bahn durch das Röhricht zu brechen. Zwei oder drei Mal versuchte ich mich zwischen den Rohren durchzudrängen und sie zur Seite biegend vorwärts zu kommen; aber ebenso gut hätte sich ein Frosch durch die Zähne eines Kamms durcharbeiten können, und ich mußte den Versuch aufgeben. Halb außer mir über dieses unerwartete Hinderniß, warf ich mich verzweiflungsvoll auf das Dickicht und drückte die Rohre, mit denen ich in Berührung kam, zu Boden, worauf ich wieder aufstand und das Manöver mit gleichem Erfolge wiederholte. Zwanzig Minuten fortgesetzt, brachte uns dieß eine Strecke weit in das Dickicht hinein, erschöpfte aber fast ganz meine Kräfte, weßhalb Toby, der bisher, mir dicht auf den Fersen folgend, die Früchte meiner Anstrengungen geerntet hatte, nun seinerseits sich zum Pionnier anbot und daher voranging. Da er jedoch mit seiner leichten Gestalt nur wenig ausrichtete, mußte ich bald wieder meinen früheren Platz einnehmen. Vorwärts ging es, obgleich der Schweiß uns in Strömen am Leibe herabfloß und die scharfen Splitter gebrochener Rohre uns verwundeten, und schon waren wir etwa bis zur Mitte des Dickichts vorgedrungen, als plötzlich der Regen aufhörte und die Luft um uns her unbeschreiblich schwül wurde. Die Elasticität der Rohre machte, daß die meisten, sobald wir nicht mehr auf sie drückten, sich zu ihrer vorigen Höhe aufrichteten, so daß das Dickicht dicht hinter uns sich wieder schloß und das bischen Luft, das sonst zu uns gedrungen wäre, abhielt. Zudem benahm uns ihre große Höhe alle Aussicht, und wir waren daher nicht gewiß, ob wir nicht die ganze Zeit her eine falsche Richtung verfolgt hatten.

Ermüdet von meiner langen, mühseligen Arbeit und nach Luft schnappend, fühlte ich mich völlig unfähig zu ferneren Anstrengungen. Ich rollte, so weit es ging, den Aermel meines Wammses auf und preßte das Regenwasser, das er enthielt, auf meine lechzende Zunge aus; aber die wenigen Tropfen, die ich so gewann, verschafften mir nur eine sehr geringe Erquickung, und ich sank einen Augenblick in einer Art finsterer Apathie zu Boden, aus welcher ich von Toby wieder erweckt wurde, der ein Mittel entdeckt hatte, uns aus dem Netze, worin wir uns gefangen sahen, zu befreien. An der Erde liegend hieb er mit seinem großen Messer wacker um sich und mähete wie ein Schnitter die Rohre rechts und links nieder, so daß bald ein freier Platz um uns her entstand. Dieser Anblick ermuthigte mich wieder; ich griff ebenfalls nach meinem Messer und schnitt und hieb ohne Erbarmen um mich her. Je weiter wir aber kamen, desto höher und dicker wurden die Rohre, die überdieß gar kein Ende zu haben schienen. Schon begann ich es für unmöglich zu halten, ohne ein Paar Flügel aus unserem dicht vergitterten Kerker zu entkommen, als ich auf einmal zu meiner Rechten einen Lichtschimmer durch das Röhricht dringen sah. Nachdem ich freudig überrascht Toby davon in Kenntniß gesetzt hatte, machten wir uns in der genannten Richtung mit neuem Eifer an's Werk. Bald hatten wir uns einen Ausgang aus dem Dickicht eröffnet und sahen uns nun ganz in der Nähe des Bergrückens.

Nur einige Augenblicke gönnten wir uns Ruhe; dann klommen wir rüstig weiter, und bald befanden wir uns dicht am Kamme des Berges. Um aber nicht von den Eingebornen im Thale gesehen zu werden, stiegen wir nicht ganz hinauf, sondern hielten uns seitwärts und schlüpften auf Händen und Knieen wie ein Paar Schlangen durch das Gras. Nachdem wir dieser unangenehmen Reisemanier eine Stunde lang treu geblieben waren, standen wir auf und wanderten kühn auf dem hervorstehenden, mit einem weichen, grünen Teppiche bedeckten Bergrücken selbst weiter, der, schmal und an vielen Stellen sogar nur einige Fuß breit, uns den Weg zur Höhe deutlich vorzeichnete. Ermuthigt durch das bisherige Gelingen unseres Unternehmens und gestärkt durch die frische Luft, die wir jetzt einathmeten, erstiegen wir mit raschen Schritten den Berg, als wir plötzlich unten aus den Thälern, welche zu beiden Seiten vor uns lagen, das ferne Geschrei der Eingebornen hörten, die uns eben entdeckt hatten, was ihnen nicht schwer fallen konnte, da in dieser Höhe unsere Gestalten sich in scharfen Umrissen am Himmel abzeichneten. Unsere Blicke nach diesen Thälern richtend, sahen wir ihre wilden Bewohner offenbar unter dem Einflusse eines plötzlichen Allarms hin und her rennen. Uebrigens nahmen sie sich in dieser Entfernung fast wie eben so viele Pygmäen und ihre weißgedeckten Wohnungen wie Puppenhäuser aus. Unser hoher Standpunkt gab uns nun zwar ein Gefühl der Sicherheit, da wir es für ziemlich ausgemacht hielten, daß die Insulaner sich nicht in's Hochgebirge wagen würden, um uns zu verfolgen; aber wir hielten es doch für gerathen, keine Zeit zu verlieren, und eilten daher, wo nur immer die Beschaffenheit des Bodens es erlaubte, in raschem Laufe vorwärts, bis wir durch einen steilen Felsabhang zum Stehen gebracht wurden. Dieser schien anfangs unserem weiteren Vordringen eine unübersteigliche Schranke zu setzen; durch viel mühsames und halsbrecherisches Klettern gelang es uns jedoch endlich, über den Abhang hinweg zu kommen, worauf wir unsere Flucht mit derselben Schnelligkeit, wie früher, fortsetzten.

Ungefähr drei Stunden vor Sonnenuntergang standen wir auf dem Gipfel des Gebirges, welches das höchste der Insel zu sein schien, einer ungeheuern überhängenden und mit Schmarotzerpflanzen bedeckten Felsenmasse aus Basaltstein. Wir mußten uns mehr als dreitausend Fuß über dem Meeresspiegel befinden, und die Aussicht von dieser Höhe war entzückend schön. Die einsame Bai von Nukahiwa, in der man nur da und dort die Schiffe des französischen Geschwaders wie schwarze Punkte sah, lag still am Fuße einer kreisförmigen Reihe von Höhenzügen, deren grüne Seitenabhänge von tiefen Schluchten durchschnitten waren oder mit lachenden Thälern abwechselten. Alles das zusammen bildete die reizendste Landschaft, die ich je gesehen habe, und würde ich hundert Jahre alt, so würde ich doch die Bewunderung, die mich damals erfüllte, nie vergessen.

Fünftes Kapitel.

Auf den Bergen.

Ich war nicht wenig begierig auf den Anblick des Landes jenseits der Berge und hatte mit Toby gemeint, sobald wir die Höhen erstiegen hätten, würden wir auf der andern Seite die großen Buchten von Happar und Typi zu unsern Füßen liegen sehen. Aber hierin sahen wir uns getäuscht. So weit das Auge reichte, dehnte sich vor uns ein Hochland mit einer Reihe von Erhöhungen und Vertiefungen aus, deren steile Seitenwände mit dem glänzendsten Grün bedeckt, auch da und dort mit Gehölz bekleidet waren, in welchem wir aber keinen derjenigen Bäume bemerkten, auf deren Früchte wir so zuversichtlich gerechnet hatten. Dieß war eine sehr unangenehme Entdeckung, da wir vor der Abfahrt der „Dolly", bis zu der noch zehn Tage verstreichen konnten, es nicht wagen durften, in das Nukahiwathal zurückzukehren, um uns dort nach Lebensmitteln umzusehen; denn wir zweifelten nicht, daß unser väterlich gesinnter Kapitän Cattun und Putzsachen als Preis für unsere Einbringung ausgesetzt hatte.

Bitter beklagte ich unsere Unvorsichtigkeit, uns nicht mit Mundvorrath versehen zu haben. Da fielen mir die paar Hände voll Zwiebackbrocken ein, die ich vorne in mein Wamms geschoben hatte, und begierig, zu erfahren, in welchem Zustande sie sich befänden, und was für Gegenstände Toby, dessen Wamms nicht weniger strotzte, als das meinige, bei sich führte, schlug ich eine gemeinsame Musterung sämmtlicher von uns aus dem Schiffe mitgenommener Artikel vor. Wir setzten uns daher in's Gras, und die Hand in das geräumige Magazin seines Wammses steckend, brachte Toby zuerst etwa ein Pfund Taback an's Tageslicht, dessen Theile noch zusammenhingen, dessen ganze

Außenseite aber mit weichen Zwiebackbrosamen überzogen war. Auf meine hastige Frage, wie viel Zwieback er bei sich habe, stöberte er alsbald in seinem Wammse umher und zog eine entfärbte Mischung von eingeweichtem Zwieback und Tabackstheilchen hervor, welche durch die vereinte Einwirkung des Schweißes und Regens, sowie der gewaltsamen Bewegung auf unserer Flucht, in eine teigige Masse verwandelt worden waren. So abstoßend diese neue Art von Pastete unter anderen Umständen gewesen wäre, so betrachtete ich sie doch jetzt als ein unschätzbares Gut und legte sie sorgfältig auf ein großes Blatt, das ich zu diesem Zwecke von einem Busche neben mir abgepflückt hatte. Außerdem brachte Toby 4—5 Ellen gedruckten Cattun, dessen Zeichnung durch gelbe Tabackssaftstreifen nicht wenig entstellt war, zum Vorscheine, ferner Nadeln und Faden, ein Rasirzeug und andere Kleinigkeiten.

Nun packte auch ich meine Schätze aus, und wie sich erwarten ließ, befand sich mein Zwieback in keinem besseren Zustande, als der meines Gefährten. Unsere übrigen Artikel wurden nun alle in ein Bündel zusammengebunden, das wir abwechselnd tragen wollten, mit den traurigen Ueberbleibseln unseres Zwiebacks aber wurde nicht so summarisch verfahren, da von ihm aller Wahrscheinlichkeit nach der Ausgang unseres Unternehmens abhing. So wenig es war, machte ich doch meinem Kameraden den Vorschlag, ihn in sechs gleiche Portionen zu vertheilen, deren jede eine Tagesration für uns Beide zusammen ausmachen sollte. Er stimmte mir bei, und so nahm ich denn mein seidenes Halstuch ab, schnitt es mit meinem Messer in ein halbes Dutzend gleicher Stücke und theilte dann den Zwieback in ebenso viele Theile. Anfangs wollte Toby die winzigen Tabacksstückchen aus der schwammigen Masse ausscheiden; aber dagegen protestirte ich, da diese hiedurch sehr vermindert worden wäre. Nachdem die Vertheilung beendigt war, fanden wir, daß eine Tagesration für uns Beide nicht viel mehr betrug, als in einen Eßlöffel ging. Jede Portion wickelten wir sogleich in das Stück Seide, welches dazu bereit lag; hierauf wickelte ich alle in ein Päckchen zusammen und übergab dieses, unter feierlichen Ermahnungen zur Treue, Toby's Obhut. Für den Rest dieses Tages beschlossen wir zu fasten, da wir uns durch ein Frühstück gestärkt hatten, und nun standen wir wieder auf und sahen uns nach einem Obdache für die Nacht um, welche nach dem Aussehen des Himmels finster und stürmisch werden zu wollen schien.

In unserer Nähe war kein Ort, der unserem Zwecke irgendwie entsprochen hätte; daher wandten wir Nukahiwa den Rücken zu und begannen die unbekannten Gegenden zu durchforschen, welche auf der andern Seite des Gebirges lagen. In dieser Richtung war, so weit wir sehen konnten, kein Zeichen von Leben, noch irgend etwas zu entdecken, das auch nur auf einen vorübergehenden Aufenthalt von Menschen hinwies. Die ganze Landschaft schien eine völlige Einöde zu sein, indem das Innere der Insel offenbar seit dem Morgen des Schöpfungstages unbewohnt geblieben war, und als wir durch diese Wildniß wanderten, tönten unsere Stimmen seltsam in unsere Ohren, als ob menschliche Töne noch nie die schauerliche Stille dieser Gegend gestört hätten, welche nur durch das leise Murmeln ferner Wasserfälle unterbrochen wurde. Unser Mißvergnügen darüber, daß wir die verschiedenen Früchte, womit wir uns zu laben gedacht hatten, nicht vorfanden, wurde übrigens durch die Betrachtung bedeutend gemildert, daß wir eben deßwegen auch viel weniger der Gefahr eines Zusammentreffens mit den wilden Stämmen um uns her ausgesetzt sein würden, welche, wie wir wußten, immer unter dem Schatten der Bäume wohnten, die ihnen Nahrung gaben. Nichtsdestoweniger warfen wir spähende Blicke in jedes Gebüsch, an dem wir vorbeikamen, bis ich, als wir eben einen der vielen Höhenzüge, welche den Boden durchschnitten, erstiegen hatten, im Grase vor mir etwas wie einen undeutlich ausgeprägten Fußpfad sah, der sich auf dem Kamme der Anhöhe hinzuziehen und mit demselben in eine tiefe Schlucht, etwa eine Viertelstunde vor uns, hinabzulaufen schien. Robinson Crusoe kann beim Anblicke jener Fußstapfen im Sande nicht mehr erschrocken sein, als wir bei dieser unwillkommenen Entdeckung. Mein erster Gedanke war, so schnell als möglich umzukehren und eine andere Richtung einzuschlagen; aber der Wunsch, zu sehen, wohin dieser Pfad führe, bewog uns, ihn zu verfolgen. Wir gingen daher weiter, und der Weg wurde immer sichtbarer, bis er uns an den Rand der Schlucht führte, wo er plötzlich endigte.

„Also,“ sagte Toby, in den Abgrund hinabblickend, „macht Jeder, der diesen Weg geht, hier einen Sprung, he?“

„Das nicht,“ versetzte ich; „denn ich denke, sie wissen ohne das hinab zu kommen. Was meinst Du, — wollen wir es versuchen?“

„Und was erwartest Du dort unten anders zu finden, als einen gebrochenen Hals? Es ist ja finsterer dort, als im Kielraume unseres Schiffes, und schon das Brüllen dieser Wasserfälle könnte Einem das Gehirn in Stücke reißen!“

„Nein, nein, Toby!“ rief ich lachend. „Aber hier gibt es etwas zu sehen, das ist klar, sonst würde kein Pfad hierher führen, und ich bin entschlossen, ausfindig zu machen, was es ist. Ueberdieß wird diese Schlucht ein gutes Nachtlager abgeben; denn sie ist geräumig, gegen den Wind geschützt und wasserreich.“

Toby rieth dringend ab; als ich aber erklärte, daß ich im Nothfalle allein hinabsteigen würde und dann am nächsten Morgen wieder mit ihm zusammentreffen wollte, auch ohne Weiteres anfing, mich von dem Felsen, auf dem wir standen, an den verschlungenen Wurzeln, die sich aus den Spalten desselben hervordrängten, hinabzulassen, folgte er, wie ich erwartet hatte, meinem Beispiele, und mit der Behendigkeit eines Eichhorns hinunterkletternd, überholte er mich bald und langte unten an, ehe ich zwei Drittheile des Abhangs hinter mir hatte.

Der Anblick, der sich uns in der Schlucht darbot, wird mir unvergeßlich bleiben. Fünf schäumende Wasserströme, durch eben so viele Schlünde daher brausend und durch die heftigen Regengüsse der letzten Tage angeschwollen, vereinigten sich zu einem 80 Fuß hohen jähen Falle und stürzten donnernd mit wildem Gebrüll in einen tiefen, dunklen Teich, welcher aus den ringsum aufgehäuften schwärzlichen Felsen ausgehöhlt war, von wo sie als gewaltiger Strom in einen abschüssigen Kanal sich ergoßen, der bis in die Eingeweide der Erde hinabzuführen schien. Weiter oben hingen von den Seitenwänden der Schlucht riesenhafte Baumwurzeln herab, welche vom Gischte tropften und in Folge der durch den Wasserfall hervorgebrachten Erschütterung in einer beständigen zitternden Bewegung waren. Die Sonne ging jetzt unter, und das schwache, ungewisse Licht, das noch seinen Weg in diese Höhlen und waldigen Tiefen fand, erhöhte das Eigenthümliche ihres Aussehens und erinnerte uns, daß wir uns in Kurzem in gänzlicher Finsterniß befinden würden.

Der Befriedigung meiner Neugierde folgte die Verwunderung darüber, daß an diesen Ort ein besonderer Fußpfad führen solle, und ich begann zu vermuthen, daß das, was wir dafür gehalten hatten, doch wohl nicht von den Insulanern herrühre. Dieß war ein angenehmer Gedanke, da er unsere Besorgniß, mit ihnen zusammenzutreffen, verminderte, und ich kam zu dem Schlusse, daß wir vielleicht keinen sichereren Bergungsort hätten finden können. Toby theilte meine Ansicht. Sogleich begannen wir nun Baumäste, welche zerstreut umher lagen, zusammenzutragen, um uns eine Hütte für die Nacht zu bauen. Diese mußten wir dicht am Fuße des Wasserfalls anbringen, weil der Strom weiter unten den Seitenwänden der Schlucht ganz nahe kam. Den letzten Tagesschimmer benützten wir, um unsere

Hütte mit einer Art breithalmigen Grases zu decken, das in jeder Felsspalte wuchs. Die Hütte selbst, wenn sie diesen Namen verdiente, bestand aus sechs bis acht Aesten, welche wir schräg gegen die steile Felswand gestemmt hatten, und deren untere Enden nur einen Fuß breit von dem Strome entfernt waren. In diesen Raum krochen wir und brachten darin unsere müden Leiber unter, so gut es gehen mochte.

Welch' eine schreckliche Nacht war es, die wir hier zubrachten! Zu der Feuchtigkeit und Kälte des Ortes selbst gesellte sich noch ein Regen, der in so heftigen Strömen herabgoß, daß unser armseliges Obdach nur dem Namen nach ein solches war. Vergebens suchte ich den unaufhörlichen Güssen auszuweichen; indem ich einen Theil meines Körpers dagegen schützte, setzte ich einen andern denselben aus, und das Wasser fand immer neue Oeffnungen. Es wäre mir ein Trost gewesen, Toby's Stimme zu hören, aber ich vermochte ihm kaum ein Wort zu entlocken. Schauernd vor Kälte lag er, den Rücken an die tröpfelnde Felswand gelehnt und die Kniee bis zum Kopfe emporgezogen, die ganze Nacht schweigend da.

Beim ersten Grauen des Tages schüttelte ich meinen Leidensgefährten am Arme und sagte ihm, daß es Morgen sei. Der arme Toby erhob den Kopf und erwiderte nach einer kurzen Pause mit heiserer Stimme: „Dann, Kamerad, sind mir meine Toplichter ausgegangen; denn es kommt mir jetzt bei offenen Augen dunkler vor, als da sie geschlossen waren."

„Unsinn!" rief ich. „Du wachst eben noch nicht recht."

„Wachen," brummte Toby zornig, „wachen! Willst Du damit sagen, ich habe geschlafen? Es ist eine Beleidigung für ein menschliches Wesen, anzunehmen, daß es an einem solchen Orte schlafen könne!"

Ich entschuldigte mein Mißverständniß; es wurde allmälig etwas heller, und wir krochen aus unserem Verstecke hervor. Der Regen hatte aufgehört, aber Alles um uns her troff noch davon. Wir nahmen unsere nassen Kleider ab und wanden sie aus. Durch angestrengtes Reiben suchten wir das Blut in unsern erstarrten Gliedern wieder in Umlauf zu bringen, und nachdem wir uns in dem Strome gewaschen und unsere feuchten Kleider wieder angezogen hatten, hielten wir es für rathsam, unser langes Fasten zu brechen, da wir nun schon seit 24 Stunden nichts mehr gegessen hatten. Wir setzten uns daher auf ein Felsstück, vertheilten zuerst unsere Tagesration in zwei gleiche Theile, wickelten hierauf einen derselben als Abendbrod sorgfältig wieder ein, vertheilten dann den andern so gleich als möglich und loosten endlich darum. Ich hätte das Stückchen, das mir zufiel, auf eine Fingerspitze legen können; nichtsdestoweniger aber trug ich Sorge, daß es volle zehn Minuten dauerte, bis ich die letzte Brosame verschluckt hatte. Wie wahr ist doch, daß Hunger der beste Koch sei! Dieses kleine Stückchen Brod hatte einen Wohlgeschmack für mich, den unter anderen Umständen die köstlichsten Gerichte nicht hätten haben können. Reichliche Züge aus dem reinen Wasser zu unseren Füßen vollendeten unser Mahl, und wir fühlten uns nach demselben merklich gestärkt.

Nun untersuchten wir die Schlucht sorgfältig. Nachdem wir den Strom überschritten hatten und an der andern Seite des Teichs angekommen waren, fanden wir Beweise, daß kurz vor unserer Ankunft Jemand da gewesen sein mußte. Weitere Untersuchungen überzeugten uns, daß der Ort regelmäßig besucht wurde, und zwar, wie wir nachher aus besonderen Anzeichen schlossen, um der Gewinnung einer gewissen Wurzel willen, aus der die Eingebornen eine Art Salbe bereiten. Dieß bestimmte uns alsbald zu dem Entschlusse, einen Ort zu verlassen, der uns ohnehin durch nichts zum Bleiben hätte verführen können, als durch das Versprechen der Sicherheit, und nach einem Wege, wieder in die oberen Regionen zu gelangen, uns umsehend, fanden wir endlich eine weniger abschüssige Felsenpartie, die uns nach halbstündigem Klimmen auf den Scheitel desselben Abhangs führte, von dem wir am vorhergehenden Abende hinabgestiegen waren.

Ich sprach nun gegen Toby die Ansicht aus, daß wir, statt auf der Insel umherzustreifen und uns so beständig der Gefahr der Entdeckung auszusetzen, einen Ort zu unserem bleibenden Aufenthalte für so lange, als unsere Lebensmittel reichten, auswählen, daselbst eine bequeme Hütte bauen und uns so zurückgezogen als möglich halten sollten. Damit war er einverstanden, und wir beschlossen, sogleich zur Ausführung dieses Plans zu schreiten.

Nachdem wir daher eine kleine Schlucht in der Nähe erfolglos ausgekundschaftet hatten, überstiegen wir mehrere der oben erwähnten Höhenzüge und waren um Mittag eben wieder im Ersteigen eines solchen begriffen, ohne bis jetzt einen unserem Zwecke entsprechenden Ort gefunden zu haben. Tiefhängende, schwere Wolken verkündigten ein nahes Unwetter, und wir beeilten uns, in einem dichten Buschwerke, das die Höhe zu krönen schien, einen Bergungsort zu suchen. Wir streckten uns auf der vom Winde abgekehrten Seite in dem Gebüsche zu Boden, rauften das lange Gras, das um uns her wuchs, aus, bedeckten uns ganz damit und erwarteten so den Regen. Bald lag mein Gefährte in tiefem Schlafe, und auch ich war schon auf dem Punkte, in diesen Zustand glücklicher Vergessenheit zu versinken, als es so heftig zu regnen begann, daß an ein Einschlafen nicht mehr zu denken war. Trotz unseres grünen Daches wurden unsere Kleider bald wieder so naß als je. Dieß war, nachdem wir uns mit dem Trocknen derselben so viel Mühe gegeben hatten, höchst ärgerlich, und ich rathe daher allen abenteuernden jungen Leuten, welche ihre Schiffe an romantischen Inseln zur Regenzeit verlassen, Schirme mitzunehmen.

Etwa nach einer Stunde hörte der Regen auf. Toby durchschlief ihn ganz, oder es schien wenigstens so, und auch jetzt, da das Unwetter vorüber war, konnte ich es nicht über mich gewinnen, ihn zu wecken. An mir selbst begann ich während der Zeit, wo ich in diesem Gebüsche lag, Symptome wahrzunehmen, welche ich nicht zweifelte dem Mangel an einem besseren Obdache in der vergangenen Nacht zuschreiben zu müssen. Kalte Schauer und ein glühendes Fieber wechselten mit einander ab, während eines meiner Beine so geschwollen war und mich so heftig schmerzte, daß ich halb vermuthete, in der unglückseligen Schlucht auch noch von einem giftigen Gewürme gebissen worden zu sein. Uebrigens will ich hier bemerken, was ich erst später erfuhr, daß alle Inseln Polynesiens sich des Rufes erfreuen, ganz frei von Schlangen zu sein.

Da mein fieberhafter Zustand sich steigerte, warf ich mich hin und her, und um meinen schlafenden Kameraden nicht aufzuwecken, entfernte ich mich einige Ellen weit von ihm. Zufällig stieß ich dabei einen Zweig bei Seite und eröffnete mir dadurch plötzlich eine Aussicht, die ich mir noch jetzt mit der ganzen Lebendigkeit des ersten Eindrucks vor die Seele malen kann. Hätte ich einen Blick in den Paradiesesgarten thun dürfen, so hätte mein Entzücken kaum größer sein können.

Gerade unter mir sah ich ein Thal, das sich in langen Wellenlinien bis zu den blauen Gewässern des Oceans in der Ferne hinabsenkte. Auf dem halben Wege gegen die See hin, und da und dort zwischen dem Laubwerke hervorblickend, schimmerten die mit den Blättern der Tannenpalme gedeckten Häuser der Eingebornen in der Sonne, welche sie zu einem blendenden Weiß gebleicht hatte. Auf beiden Seiten wurde das Thal, dessen Länge mehr als drei Stunden, dessen größte Breite aber nur etwa eine halbe Stunde betrug, von hohen, steilen, grasbewachsenen Felswänden und Abhängen eingeschlossen, welche in der Nähe des Orts, wo ich lag, zusammenlaufend einen halbkreisförmigen Gürtel bildeten, und über die zahllose kleine Cascaden sich ergossen, deren klare, dünne Wasserfäden unten in der wuchernden Pflanzenwelt des Thales sich verloren. Was aber der Schönheit des letzteren die Krone aufsetzte, war sein durchgängiges Grün, und hierin besteht, glaube ich, der eigenthümliche Reiz jeder polynesischen Landschaft. Ueberall, wohin das Auge blickte, prangte das Thal in einem Blätterschmucke, der so reich und üppig war, daß man nicht zu entscheiden vermochte, welche Arten von Bäumen oder Stauden denselben bildeten. Ueber der ganzen Landschaft lag die tiefste Stille ausgebreitet, die zu unterbrechen ich mich fast fürchtete, damit nicht, wie bei den Erscheinungen in den Feenmärchen, eine einzige Sylbe den Zauber zerstören möchte.

Sechstes Kapitel.

Ueber Felsen und Schluchten.

Meiner eigenen Lage und der Nähe meines noch immer schlafenden Gefährten vergessend, blieb ich eine gute Weile in das Anschauen der paradiesischen Landschaft versunken. Endlich weckte ich Toby, führte ihn an den Rand des Abhangs, und er theilte meine Bewunderung. Nach kurzem Nachdenken blieb uns kein Zweifel übrig, daß das vor uns liegende Thal entweder das der Happars oder das der Typis sein müsse, da wir gehört hatten, daß diese zwei großen Thäler auf dieser Seite der Insel liegen und sich vom Meere aus eine beträchtliche Strecke landeinwärts ziehen. Aber welches der beiden Thäler war es? das war die Lebensfrage; denn die Happars unterhielten ja mit Nukahiwa, woher wir kamen, die freundschaftlichsten Verhältnisse und standen überdieß im Rufe der Menschlichkeit und Sanftmuth, — bei dem bloßen Namen der Typis dagegen schauderte mir die Haut. Toby behauptete, es sei das Thal der Happars, während ich darzuthun suchte, daß es das ihrer Feinde sein müsse. Zwar war ich durch meine Gründe hiefür selbst nicht ganz überzeugt, aber der Vorschlag meines Gefährten, ohne Weiteres hinabzusteigen und die Gastfreundschaft der Thalbewohner in Anspruch zu nehmen, schien mir doch gar zu tollkühn, und ich beschloß daher, mich demselben zu widersetzen, bis wir genügendere Beweise für die Richtigkeit der Vermuthung, aus der er hervorging, finden würden. Toby jedoch konnte der lockenden Aussicht auf gründliche Stillung seines Hungers und Befriedigung anderer Bedürfnisse, welche das reizende Thal uns darzubieten schien, nicht widerstehen und beharrte unerschütterlich auf seinem waghalsigen Vorschlage. Stellte ich ihm vor, wie schrecklich unser Loos sein würde, wenn wir auf's Gerathewohl in das Thal hinabstiegen und zu spät entdeckten, daß es der Wohnplatz der Typis sei, so hielt er mir all das Ungemach unserer gegenwärtigen Lage und die Leiden entgegen, denen wir uns aussetzten, wenn wir blieben, wo wir wären.

Um ihn wo möglich auf andere Gedanken zu bringen, lenkte ich seine Aufmerksamkeit auf einen langen, gänzlich unbewaldeten Landstrich, welcher sich von den Höhen in unserem Rücken in das Thal vor uns hinabzog, und sprach die Ansicht aus, daß jenseits desselben wahrscheinlich eines jener unbewohnten, an köstlichen Früchten reichen Thäler liege, deren sich, wie ich gehört hatte, mehrere auf der Insel befanden; dieses sollten wir zu erreichen suchen, und fänden wir unsere Erwartungen erfüllt, so hätten wir eine Zufluchtsstätte, in der wir bleiben könnten, so lange wir wollten. Toby war damit einverstanden, und sogleich begannen wir den baumlosen Landstrich näher zu beaugenscheinigen, um den besten Weg quer über denselben ausfindig zu machen; allein es blieb uns wenig Wahl, da er ganz in steile Felsabhänge zerklüftet war, zwischen welchen sich dunkle Schluchten befanden, die in parallelen Linien sich abwärts senkten und unsern Weg gerade durchschnitten. Ueber alle diese Felsabhänge und Schluchten mußten wir daher setzen, um unser Ziel zu erreichen. Welch mühselige Reise! Dennoch beschlossen wir sie zu unternehmen, obgleich ich zur Bestehung ihrer Beschwerden wenig geeignet schien; da mich mein Fieber bald mit Frostschauern, bald mit Gluthströmen übergoß, und mein krankes Bein mir sehr hinderlich war. Hiezu kam noch die allgemeine Schwäche, die sich in Folge unserer magern Kost bei uns Beiden eingestellt hatte. Diese Umstände steigerten jedoch nur meine Sehnsucht, an einen Ort, der uns Lebensmittel und Ruhe verhieß, zu gelangen, noch ehe ich in einen Zustand versänke, der mich zur Unternehmung der Reise dahin völlig unfähig machen würde. Unverweilt traten wir daher diese damit an, daß wir die fast senkrechte Wand einer jähen, engen, von Röhricht starrenden Schlucht hinabrutschten, indem wir uns dabei an den Rohren, die auf unserem abschüssigen Wege wuchsen, festhielten. Rasch erreichten wir so einen Punkt, wo wir wieder von unseren Füßen Gebrauch machen konnten, und bald darauf standen wir am Rande des Gießbaches, der schäumend durch die Schlucht brauste.

Nachdem wir einen erfrischenden Trunk aus dem Wasser des Gießbachs gethan hatten, machten wir uns an ein viel schwierigeres Unternehmen, als das eben beendigte gewesen war. Jeden Fuß breit, den wir herabgerutscht waren, mußten wir nun an der entgegengesetzten Wand der Schlucht wieder emporklimmen, — eine Aufgabe, die um so weniger anziehend war, als wir bei diesen senkrechten Touren um keine hundert Ellen auf unserem Wege weiter kamen. So undankbar aber auch das Unternehmen an und für sich war, wir machten uns mit musterhafter Geduld an's Werk, und nach einer Stunde oder mehr hatten wir im Schneckengange etwa die Hälfte der Felsenwand erstiegen, als das Fieber, das mich eine Zeitlang verlassen hatte, mit solcher Heftigkeit und von einem so rasenden Durste begleitet zurückkehrte, daß ich nahe daran war, mich wahnwitzig die eben erstiegene Felsenhöhe hinabzustürzen, um in dem Wasser, das so lockend unter meinen Füßen rauschte, meinen Durst zu stillen. Dieses Verlangen verschlang jetzt alle meine Hoffnungen und Befürchtungen, alle Gedanken an die Folgen, welche die Befriedung desselben haben mochte. Aber Toby beschwor mich, weiter zu steigen, indem er mich versicherte, daß noch ein wenig Anstrengung mehr uns auf den Gipfel der Felswand bringen, und daß es dann keine fünf Minuten mehr dauern würde, bis wir uns am Rande des Wassers befänden, das sicherlich auf der andern Seite des Abhanges fließe.

„Denke doch nicht an's Umkehren," rief er, „nachdem wir einmal so weit gekommen sind! Ich sage Dir, keiner von uns hätte den Muth, zum zweitenmal da herauf zu klimmen!"

Ich war noch nicht so ganz außer mir, daß diese Vorstellungen ohne Wirkung auf mich geblieben wären, und arbeitete mich daher weiter, indem ich den Durst, der mich verzehrte, vergebens durch den Gedanken zu beschwichtigen suchte, daß ich ihn in Kurzem nach Herzenslust würde stillen können.

Endlich erreichten wir den Gipfel des zweiten Felsenhanges, des höchsten von allen denen, welche sich in parallelen Linien zwischen uns und dem ersehnten Thale hinzogen. Nun konnten wir den ganzen Zwischenraum überblicken, und mich, der ich schon durch meine körperlichen Umstände entmuthigt war, stürzte dieser Anblick in wahre Verzweiflung. Nichts als finstere Schluchten, durch senkrechte, spitz zulaufende Felsenhänge von einander getrennt, sah man, so weit das Auge reichte. Wären wir im Stande gewesen, vom Gipfel einer dieser steilen, aber schmalen Anhöhen unmittelbar auf den der andern zu steigen, dann hätten wir freilich den sich vor uns ausdehnenden Raum leicht durchschreiten können; aber wir mußten ja in jede der tiefen Schluchten hinabsteigen und eine der Höhen nach der andern erklimmen. Auch Toby konnte sich, obgleich er nicht litt, wie ich, des entmuthigenden Einflusses dieses Anblicks nicht erwehren.

Wir blieben übrigens nicht lange stehen, um die wilde Scene vor uns zu betrachten, da ich sehr ungeduldig war, in dem Wasser des reißenden Baches, der unter uns floß, meinen Durst zu löschen. Mit einer Nichtachtung aller Gefahr, an die ich nicht ohne Schaudern denken kann, rutschten wir in die Felsenschlucht hinab, indem wir die tiefe Stille derselben durch das Geräusch der hinabrollenden Felsstücke unterbrachen, die wir jeden Augenblick aus ihren Stellen rückten, unbekümmert um die Unsicherheit des Bodens und nichts darnach fragend, ob die schwachen Wurzeln und Zweige, an die wir uns klammerten, lange genug hielten oder verrätherisch nachgaben. Ich für meine Person wußte kaum, ob ich hilflos von der Höhe herabstürzte, oder ob die furchtbare Schnelligkeit, womit ich herabkam, ein Akt meines freien Willens war. In wenigen Minuten langten wir unten in der Schlucht an, und auf einen schmalen Vorsprung tröpfelnder Felsen niederknieend, beugte ich mich zu dem Bache hinab. Was für eine köstliche Empfindung erwartete ich nun! Ich hielt noch einen Augenblick inne, um meine ganze Genußfähigkeit zu concentriren; dann tauchte ich meine Lippen in das klare Element vor mir. Wäre aber in meinem Munde eine Ananas plötzlich zu Asche geworden, so hätte die Empfindung nicht widriger sein können. Wenige Tropfen der kalten Flüssigkeit schienen alles Blut in meinem Leibe in Eis zu verwandeln, und das Fieber, das in meinen Adern gebrannt hatte, machte alsbald Frostschauern Platz, die mich nach einander wie eben so viele elektrische Schläge schüttelten. Mein Durst war verschwunden, und ich empfand einen wahren Abscheu vor dem Wasser. Ich sprang auf, und bei dem Anblicke des nassen Gesteins rings umher, sowie des dunklen Baches, der durch die Schlucht dahinfloß, liefen neue Schauer durch meinen bebenden Leib, so daß ich jetzt ein eben so heftiges Verlangen fühlte, wieder zu dem freundlichen Sonnenlicht emporzuklimmen, als vorher, in die Schlucht hinabzueilen.

Nach zweistündiger Anstrengung standen wir auf einem anderen Felsenkamme, und kaum konnte ich es glauben, daß wir je in den gähnenden schwarzen Schlund eingedrungen waren, der jetzt hinter uns lag. Die Aussicht von diesem neuen Höhenpunkte war nicht weniger trostlos, als die frühere, und es wurde mir nur zu deutlich, daß es uns unmöglich sein würde, alle die vor uns liegenden Höhen und Tiefen zu übersteigen, so daß ich jeden Gedanken, in das hinter denselben liegende Thal zu kommen, aufgab, ohne daß ich jedoch einen anderen Rath wußte, uns aus unserer schwierigen Lage herauszuhelfen. Nach Nukahiwa zurückzukehren, ehe wir der Abfahrt unseres Schiffes versichert wären, kam uns nicht entfernt in den Sinn; auch wäre es zweifelhaft gewesen, ob wir, durch eine von uns nicht zu berechnende Entfernung von der Bai getrennt und durch unser letztes Umherstreifen in der Erinnerung der Oertlichkeiten verwirrt, dasselbe hätten nur wieder erreichen können. Ueberdieß entschließt man sich nicht wohl zu etwas schwerer, als eine Wegesstrecke, die man nach vieler Mühe hinter sich sieht, wieder Schritt für Schritt zurückzugehen, und so rutschten wir denn, wiewohl ohne einen bestimmten Plan, die entgegengesetzte Seite der eben erkletterten Höhe hinab, und langten gegen das Ende dieses mühseligen Tages gänzlich erschöpft auf dem Boden der dritten Schlucht an.

Hier setzten wir uns, und Toby zog aus seinem Wammse das bedeutsame Päckchen hervor. Schweigend verzehrten wir das winzige Stückchen, das von unserem Frühstück übrig geblieben war; dann standen wir auf, um uns ein Obdach für die Nachtruhe, deren wir so dringend bedurften, zu bereiten. Glücklicherweise eignete sich der Ort, wo wir uns befanden, hiezu besser, als der, wo wir die letzte Nacht zugebracht hatten. Wir reinigten einen kleinen, aber fast ebenen Platz von dem darauf wachsenden hohen Röhricht und flochten aus diesem eine niedrige, korbförmige Hütte, die wir ringsum mit einer Menge langer, dicker Blätter von einem nahe stehenden Baume bedeckten, indem wir nur eine kleine Oeffnung ließen, durch die wir kaum hineinkriechen konnten. Diese tiefen Felsenschluchten sind zwar gegen den Wind geschützt, aber so feucht und kalt, wie man es in einem solchen Klima kaum erwarten sollte, und da wir nichts als unsere wollenen Wämmser und dünnen leinenen Beinkleider zum Schutze gegen die Kälte hatten, so suchten wir unser Nachtquartier so warm als möglich zu machen. Daher pflückten wir noch alle Blätter, die wir erreichen konnten, ab und häuften sie auf unser Hüttchen, in das wir sodann, einen ferneren zu unserem Lager bestimmten Blättervorrath nach uns ziehend, hineinschlüpften. Auch hätte ich in dieser Nacht ohne die Schmerzen, die mir mein Bein verursachte, eines ungestörten Schlafes genießen können, da es nicht regnete. So aber schlummerte ich nur zwei oder dreimal auf kurze Zeit ein, während Toby neben mir so trefflich schlief, als läge er in einem holländischen Bette.

Am nächsten Morgen weckte mich die volltönende Stimme meines Genossen, der mich aufzustehen bat. Ich arbeitete mich aus unserem Blätterhaufen hervor und mußte, als ich draußen angekommen war, über die Veränderung staunen, welche eine gute Nachtruhe in seinem Aussehen hervorgebracht hatte. Er war so frisch und fröhlich wie ein junger Vogel und suchte seinen scharfen Morgenappetit dadurch zu beschwichtigen, daß er die weiche Rinde eines zarten Zweiges, den er in der Hand hielt, kaute; zugleich empfahl er mir das Nämliche als ein bewundernswürdiges Mittel gegen den nagenden Hunger. Auch ich fühlte mich wesentlich besser, als am vorhergehenden Abende; aber ich konnte auf das Bein, das mir in den letzten vierundzwanzig Stunden von Zeit zu Zeit so heftige Schmerzen verursacht hatte, nicht ohne Bangigkeit blicken. Da ich jedoch die heitere Laune meines Gefährten nicht trüben mochte, unterdrückte ich die Klagen, denen ich mich wohl sonst hingegeben hätte, und nachdem ich ihn scherzend aufgefordert hatte, schleunigst Anstalten zu unserem Banket zu treffen, bereitete ich mich zu diesem dadurch vor, daß ich mich in dem durch die Schlucht rollenden Gießbache wusch. Nachdem dieß geschehen war, aßen oder saugten wir vielmehr langsam das Stückchen Nahrungsstoff ein, das einem jeden von uns zufiel, und beriethen uns dann über den Weg, den wir jetzt einschlagen sollten.

„Was nun anfangen?“ fragte ich kleinlaut.

„In das Thal hinabsteigen, das wir gestern entdeckt haben!“ versetzte Toby rasch und entschieden. „Was für einen anderen Ausweg haben wir denn? Bleiben wir hier, so sterben wir sicherlich beide Hungers, und was Deine Besorgnisse wegen jener Typis betrifft, — verlaß Dich darauf, es ist Alles Unsinn. Die Bewohner eines so reizenden Ortes müssen nothwendig gutmüthige Bursche sein, und wenn es Dir je beliebt, in einem dieser Felsenlöcher zu verhungern, so ziehe doch ich einen Gang in jenes Thal auf jede Gefahr hin vor.“

„Und wie kommen wir dahin?“ fragte ich. „Wollen wir die Felsenhänge, die wir gestern überstiegen, wieder auf und ab klettern, bis wir den Ort erreichen, von dem wir ausgegangen sind, und dann von den Felsen einen Salto mortale in das Thal hinab machen?“

„Meiner Treu', daran dachte ich nicht!“ sagte Toby. „Nicht wahr, jähe Abgründe verrammeln auf beiden Seiten das Thal?“

„Ja," erwiederte ich, „sie sind so steil, wie die Seitenwände eines Linienschiffes und hundertmal so hoch."

Mein Gefährte ließ den Kopf auf die Brust sinken und verharrte eine Weile in tiefem Sinnen. Plötzlich sprang er auf, und seine Augen leuchteten. „Ja, ja," rief er, „diese Gießbäche laufen alle in derselben Richtung und müssen nothwendig in das Thal fließen, ehe sie in das Meer gelangen. Wir haben daher nichts zu thun, als diesem Bache da zu folgen, und früher oder später wird er uns in das Thal führen."

„Du hast Recht, Toby", rief ich, „Du hast Recht! er muß uns dahin führen, und zwar schnell; denn sieh', mit welch' starkem Falle das Wasser hinabströmt!"

„Wahrhaftig!" versetzte mein Genosse, außer sich vor Freude über meine Bestätigung seiner Theorie. „Es ist so klar, wie etwas. Machen wir uns sogleich auf den Weg! Komm, wirf alle jene thörichten Gedanken in Betreff der Typis hinter Dich, und vorwärts nach dem schönen Thale der Happars!"

„Nach Dir soll es nun eben durchaus das Happarthal sein Gebe Gott, daß Du Dich nicht täuschest!" entgegnete ich kopfschüttelnd.

„Ja und Amen zu allem dem und zu noch viel mehr!" rief Toby und rannte vorwärts. „Aber Happar ist es, denn nichts Anderes als Happar kann es sein. Welch' herrliches Thal — welche Wälder von Brodfruchtbäumen — welche Fülle von Kokosnüssen — welche Wildnisse von Guavabüschen! Komm, Kamerad, zögere nicht, ich sterbe vor Sehnsucht, mit all' diesen köstlichen Früchten Bekanntschaft zu machen. Vorwärts, vorwärts! kümmere Dich nichts um die Felsen! Stoße sie aus dem Wege, wie ich, und morgen — ich gebe Dir mein Wort — leben wir wie die Vögel im Hanfsamen!" Damit rannte er gleich einem Rasenden die Schlucht hinab, ohne zu bedenken, daß es mir in meinem Zustande unmöglich war, gleichen Schritt mit ihm zu halten. Nach wenigen Minuten jedoch ließ seine Aufregung nach, und er wartete, bis ich ihn eingeholt hatte.

Siebentes Kapitel.

Eine Reise ohne Gleichen.

Unser Weg, der anfangs noch erträglich war, wurde immer schwieriger, je weiter wir kamen. Von oben herabgestürzte Felsentrümmer bedeckten das Bett des Baches und hemmten den Lauf des reißenden Gewässers, das zornig um sie her brauste und schäumte und da und dort kleine Fälle bildete, welche sich in tiefe Becken ergoßen oder ungestüm auf Steinhaufen prallend, ihren Gischt nach allen Seiten spritzten. Bei der Enge der Schlucht und der Abschüssigkeit ihrer Wände blieb uns nichts übrig, als durch das Wasser zu waten, wobei wir jeden Augenblick über die unter seiner Oberfläche verborgenen Hindernisse strauchelten. Am meisten aber hemmte uns eine Menge zwerghaften Buschwerks, das, von den Seitenwänden der Schlucht fast wagrecht hervorschießend, sich zu fantastischen Massen in einander schlang und fast bis auf die Oberfläche des Baches herabreichte. Unter dem niedrigen Gewölbe, das es bildete, mußten wir auf Händen und Füßen über nasses Gestein kriechen, oder durch Pfühle waten und hatten dabei kaum Licht genug, um die nächsten Gegenstände vor uns zu sehen. Manchmal stießen wir unsere Köpfe an einen vorspringenden Baumstamm, und während wir unklug uns damit beschäftigten, den verletzten Theil zu reiben, fielen wir zwischen

Felsentrümmer, deren scharfe Kanten uns verwundeten, während das mitleidslose Wasser über unsern ausgestreckten Leib hinfloß. Belzoni, als er sich durch die unterirdischen Gänge der ägyptischen Katakomben arbeitete, konnte mit keinen größeren Schwierigkeiten zu kämpfen haben. Aber wir drangen männlich und unverdrossen vorwärts, da wir wohl wußten, daß hierin unsere einzige Hoffnung auf Rettung lag.

Gegen Sonnenuntergang machten wir an einem Orte Halt, wo wir die Nacht zubringen wollten. Wir errichteten eine Hütte wie am vorhergehenden Abende, krochen in dieselbe hinein und suchten unser Leiden zu vergessen. Mein Gefährte schlief, glaube ich, ziemlich gut, ich aber fühlte mich nach einer unruhigen Nacht, als wir bei Tagesanbruch aus unserem Hüttchen herausschlüpften, fast unfähig zu jeder ferneren Anstrengung. Toby verschrieb mir als Mittel gegen mein Unwohlsein den Inhalt eines unserer seidenen Päckchen in Einer Dose zu nehmen. Dazu konnte ich mich aber nicht entschließen, obgleich er mich auf's dringendste dazu aufforderte, und so verzehrten wir denn unsere gewöhnliche Ration und setzten dann unsern Marsch schweigend fort. Dieß war der vierte Tag seit unserer Flucht von Nukahiwa, und das Nagen des Hungers steigerte sich bis zu schmerzhafter Schärfe. Wir waren froh, ihn durch das Kauen zarter Wurzel- und Zweigrinden etwas beschwichtigen zu können, welche, wenn sie uns auch fast keinen Nahrungsstoff lieferten, doch wenigstens süß und angenehm schmeckten.

Unsere Fortschritte in dem abschüssigen Bette des Gießbachs waren natürlich sehr langsam, so daß wir bis Mittag wohl keine halbe Stunde zurücklegten. Es war ungefähr um diese Tageszeit, als das Geräusch eines Wasserfalles, das wir schon früh Morgens zu hören geglaubt hatten, deutlicher wurde, und es währte nicht lange, so standen wir vor einem gegen hundert Fuß tiefen Abgrunde, welcher die ganze Breite der Schlucht einnahm, und über den sich der wilde Gießbach in einem einzigen, durch nichts aufgehaltenen Fall hinabstürzte. Zu beiden Seiten desselben starrten uns die überhängenden Felsenwände der Schlucht an und machten es uns unmöglich, ihm auszuweichen.

„Was machen wir jetzt, Toby?“ fragte ich.

„Nun,“ erwiderte er, „da wir nicht rückwärts können, müssen wir, denke ich, vorwärts.“

„Sehr wahr, lieber Toby,“ entgegnete ich, „aber wie?“

„Indem wir einen Sprung auf Leben und Tod da hinabthun, wenn sich kein anderer Ausweg zeigt!“ antwortete er ohne Zögern. Mit diesen Worten kroch er auf allen Vieren behutsam vorwärts und blickte in den Abgrund hinab, während ich zurückblieb.

Sobald mein Gefährte seine Umschau beendigt hatte, fragte ich ihn begierig nach dem Ergebnisse derselben. „Nun,“ begann Toby bedächtig und nach seiner seltsamen Weise mit den Augen zwinkernd, „das Ergebniß meiner Beobachtungen ist sehr bald mitgetheilt. Es ist für den Augenblick noch ungewiß, welcher unserer zwei Hälse die Ehre haben wird, zuerst gebrochen zu werden; aber es wäre kein Wagestück, hundert gegen eins zu wetten, daß sie demjenigen zu Theil würde, dessen Eigenthümer den ersten Sprung thäte.“

„So ist es also unmöglich?“ fragte ich traurig.

„Nein, Kamerad, es ist im Gegentheil das leichteste Ding von der Welt; der einzig bedenkliche Punkt dabei ist die Frage, wie es unsern armen Gliedern ginge, wenn wir unten ankämen, und was für eine neue Reisemethode wir nachher in Anwendung bringen sollten. Doch folge mir jetzt, und ich will Dir den einzigen Ausweg zeigen, der uns übrig bleibt.“ Damit führte er mich an den Rand des Wasserfalles und zeigte mir an der einen Seitenwand der Schlucht eine Anzahl wunderlich aussehender riesiger Wurzeln, von denen manche drei bis vier Zoll dick und sehr lang waren, und die, nachdem sie sich zwischen den Spalten der Felsenwand durchgewunden hatten, wagrecht aus dieser hervorstanden, allmälig dünner werdend, spitz zuliefen und wie ebenso viele dunkle Eiszapfen über dem Abgrunde hingen. Sie bedeckten beinahe die ganze vorhin erwähnte Seitenwand der Schlucht und die untersten reichten bis an das Wasser. Viele waren mit Moos bewachsen, morsch und stumpf, weil ihre Enden abgefault waren, und die in der unmittelbaren Nähe des Falles waren schlüpfrig vor Feuchtigkeit.

Toby's verwegener Plan war, wir sollten uns diesen verrätherisch aussehenden Wurzeln anvertrauen und, indem wir von einer zur andern hinabglitten, den Fuß des Wasserfalles zu erreichen suchen. „Bist Du bereit es zu wagen?“ fragte er mich, indem er mich begierig anblickte, aber kein Wort zu Gunsten der Ausführbarkeit seines Gedankens sagte.

„Ich bin es,“ war meine Antwort; denn ich sah wohl, daß dieß das einzige Mittel vorwärts zu kommen war, und an ein Umkehren war ja längst jeder Gedanke aufgegeben.

Sobald ich meine Zustimmung erklärt hatte, kroch Toby, ohne ein Wort zu sprechen, an dem tröpfelnden Rande der Felswand hin, bis er einen Punkt erreicht hatte, von wo aus er gerade eine der größten jener Wurzeln fassen konnte; er riß an ihr, — sie zitterte in seiner Hand, und als er sie fahren ließ, schwirrte sie in der Luft gleich einem heftig angeschlagenen starken Drahte. Zufrieden mit dem Ergebnisse seiner Untersuchung, schwang sich mein leichtfüßiger Gefährte behend auf dieselbe, und nach Matrosenart seine Beine um sie schlingend, glitt er acht bis zehn Fuß abwärts, wobei ihr sein Gewicht eine pendelartige Bewegung gab. Weiter durfte er auf ihr nicht hinabzurutschen wagen; indem er sich daher mit einer Hand an ihr festhielt, prüfte er mit der andern die Wurzeln in seiner Nähe, und als er endlich eine fand, der er sich anvertrauen zu dürfen glaubte, schob er sich auf dieselbe hinüber und glitt weiter hinab.

So oft ich auch Toby am Takelwerke unseres Schiffes mit der Behendigkeit einer Katze hatte auf- und abklettern und die schwindelndsten Manöver ausführen sehen, so klopfte doch beim Anblicke dieses ganz neuen mein Herz hörbar, und als ich vollends unwillkürlich meinen schwereren Körperbau und mein halb gelähmtes Bein mit seiner leichten, beweglichen Gestalt verglich, wollte mir der Muth entsinken, es ihm nachzuthun. Aber es mußte geschehen, und um meine Anwandlung von Bangigkeit im Keime zu unterdrücken, ging ich ungesäumt an's Werk und schwang mich auf eine gewaltige Wurzel gerade über Toby's Kopfe. Sobald dieser meiner ansichtig wurde, rief er in seiner gewöhnlichen trockenen Weise: „Kamerad, thu' mir die Gefälligkeit, nicht zu fallen, ehe ich Dir aus dem Wege bin!" Hierauf wandte er sich mehr seitwärts und glitt dann weiter hinab. Mittlerweile schob ich mich vorsichtig von der Wurzel, auf der ich abwärts gerutscht war, auf ein Paar andere in meiner Nähe, da ich zwei für sicherer hielt. Auch thaten mir die letzteren sehr gute Dienste; als ich nun aber am Ende dieser zweiten Station die langen Wurzeln um mich her prüfend schüttelte, brachen sie zu meiner Bestürzung eine nach der andern ab, zerschellten an der Felswand und fielen in Stücken in das Wasser. Zugleich schwankten die Wurzeln, auf denen ich über dem gähnenden Abgrunde schwebte, hin und her, und jeden Augenblick erwartete ich, daß sie entzwei brechen würden. Angstvoll griff ich nach der einzigen großen Wurzel, die noch in meiner Nähe war, aber vergebens: ich konnte sie nicht erreichen, obgleich meine Finger nur einige Zoll von ihr entfernt waren. Wieder und wieder suchte ich sie zu fassen, bis ich endlich, halb wahnsinnig im Angesichte des mir drohenden schrecklichen Looses, mir, den Fuß gegen die Felswand stoßend, einen gewaltsamen Schwung gab und in dem Augenblicke, wo ich der großen Wurzel nahe kam, sie verzweiflungsvoll faßte und mich auf sie hinüberschwang. Sie schwankte heftig unter der ihr so jählings aufgeladenen Bürde, brach aber glücklicherweise nicht.

Es schwindelte mir bei dem Gedanken an die furchtbare Gefahr, in der ich eben geschwebt hatte, und unwillkürlich schloß ich die Augen, um die schauervolle Tiefe unter mir nicht zu sehen. Für den Augenblick jedoch war ich gerettet, und ich stammelte ein inbrünstiges Dankgebet.

„Gut gemacht!“ rief jetzt Toby von unten. „Du bist behender, als ich Dir zutraute, — hüpfst ja da oben von einer Wurzel zur andern wie ein junges Eichhörnchen! Sobald Du Dich aber gehörig damit belustigt hast, würde ich Dir doch rathen, weiter herabzukommen.“

„Nun, nun, Toby, nur Geduld! Noch zwei oder drei solche famose Wurzeln, wie diese, so bin ich bei Dir!“

Der übrige Theil meiner senkrechten Reise war vergleichungsweise leicht: die Wurzeln fanden sich in größerer Menge, und an einer oder zwei Stellen waren mir Felsenvorsprünge sehr behilflich. In weniger als zwei Minuten stand ich, tief aufathmend, auf festem Grund und Boden neben meinem Gefährten.

Nachdem ich meinen Stock, den ich oben am Wasserfalle hatte zurücklassen müssen, durch einen andern ersetzt hatte, gingen wir im Bette des Baches weiter. Bald ließ sich ein dumpfes Rauschen vor uns hören, das in demselben Verhältnisse deutlich wurde, als das Tosen des Wasserfalls hinter uns in unsern Ohren erstarb.

„Ein neuer Wasserfall, Toby!“ rief ich, stehen bleibend.

„Macht nichts zur Sache!“ entgegnete er. „Wir wissen ja jetzt, wie wir hinabkommen — vorwärts, Kamerad!“

Nichts schien dieses unerschrockene Herz einschüchtern oder niederbeugen zu können. Mochte es sich um Typi's oder Niagara's handeln, Toby war bereit, den einen wie den andern die Stirne zu bieten, und ich mußte mir oft im Stillen Glück wünschen, daß ich einen solchen Gefährten zur Seite hatte.

Nach einer Stunde mühseligen Vordringens erreichten wir den Rand des zweiten Wasserfalls, welcher noch höher als der erste, und ebenfalls zu beiden Seiten von jähen Felswänden eingeschlossen war, nur daß diese da und dort schmale und unregelmäßige Vorsprünge oder Ränder mit einer dünnen Erdlage hatten, worauf allerlei Büsche und Bäume wuchsen, deren glänzendes Grün gegen das milchweiße Wasser des an ihnen vorbeistürzenden Gießbaches schön abstach. Toby, der immer den Pionnier machte, ging auch jetzt auf Erforschung des Terrains aus. Bei seiner Rückkehr brachte er die erfreuliche Botschaft, daß wir auf den Felsenrändern zu unserer Rechten wohl mit geringer Gefahr zum Fuße des Wasserfalls kommen könnten. Demnach verließen wir das Bett des Baches an dem Punkte, wo er hinabdonnerte, und krochen dann auf dem ersten jener Felsenränder abwärts, welcher uns bis auf einige Fuß zu einem noch abschüssigeren führte, den wir, einander unterstützend, glücklich erreichten. Auf diesem krochen wir behutsam weiter, indem wir uns an den nackten Wurzeln der Sträucher hielten, die an jeder Felsspalte hingen. Als wir jedoch weiter kamen, wurde unser schmaler Weg noch schmäler, so daß wir uns nur mit Mühe auf demselben zu halten vermochten, bis wir an einer Ecke der Felswand angelangt, wo wir eine Erweiterung desselben erwartet hatten, zu unserer Bestürzung sahen, daß er eine oder zwei Ellen weiter abwärts plötzlich abbrach.

Toby war wie gewöhnlich der Vordermann, und schweigend erwartete ich, was für einen Vorschlag, uns aus dieser neuen Noth zu helfen, er machen würde. Endlich aber, nachdem mehrere Minuten vergangen waren, ohne daß er einen Laut von sich gegeben hätte, sagte ich: „Nun, Freund, was fangen wir jetzt an?“

In ruhigem Tone erwiderte er, das Beste, was wir in unserer gegenwärtigen Klemme thun könnten, wäre seines Erachtens, uns so bald als möglich aus derselben herauszuziehen.

„Ja, aber wie?“

„Etwa in dieser Manier,“ versetzte er, und in demselben Augenblicke glitt er zu meinem Schrecken seitwärts hinab und fiel — nur durch einen glücklichen Zufall, wie ich damals meinte — zwischen die ausgebreiteten Zweige eines palmenartigen Baumes, welcher, seine harten Wurzeln einem Felsvorsprung entlang ausspreizend, seinen Stamm in die Höhe krümmte und etwa zwanzig Fuß unter dem Orte, der uns so plötzlich Halt geboten hatte, ein dichtes Blätterwerk entfaltete. Unwillkürlich hielt ich den Athem an, in der Erwartung, die liebe Gestalt meines Leidensgefährten durch die Zweige hinabgleiten und kopfüber in den Abgrund stürzen zu sehen. Allein zu meiner freudigen Ueberraschung erhob er sich, machte seine Beine aus den durch seinen Fall gebrochenen Zweigen los, blickte aus seinem Laubbette hervor und rief munter: „Vorwärts, Freund, es gibt keine andere Wahl!“ Hierauf zog er sich in das Blätterwerk zurück, glitt am Stamme hinab und stand nach einigen Augenblicken, wenigstens fünfzig Fuß unter mir, auf dem breiten Felsvorsprunge, dem Standorte des Baumes.

Was hätte ich in diesem Augenblicke dafür gegeben, an seiner Seite zu sein! Die eben von ihm ausgeführte That schien mir an's Wunderbare zu grenzen, und kaum traute ich meinen Augen, als ich die große Entfernung sah, welche sein kühner Sprung auf einmal zwischen uns gebracht hatte. Abermals tönte Toby's ermuthigendes „Vorwärts!“ in meine Ohren, und befürchtend, alles Vertrauen zu mir selbst zu verlieren, wenn ich mich noch länger besänne, blickte ich nur noch einmal in die Tiefe, um mich der rechten Richtung zu versichern, schloß dann die Augen, befahl meine Seele Gott, neigte mich über den Felsenrand hinab und fiel nach einem athemlosen Augenblicke in den Baum, dessen Zweige krachten und br[illegible]ährend ich immer tiefer zwischen sie hinabsank, bis ich von [illegible]en Aste aufgehalten wurde. Nach wenigen Augenblicken st[illegible]n Fuße des Baumes und befühlte mich von oben bis unten, [illegible]en Grad und Umfang meiner Beschädigungen, die ich erlitten haben mußte, zu erforschen; zu meiner Ueberraschung und meinem innigsten Danke gegen Gott bestanden sie eben nur in einigen unbedeutenden Quetschungen. Den übrigen Theil unseres Weges bis zum Fuße des Wasserfalls legten wir ohne Mühe zurück, und eine halbe Stunde nach unserer Ankunft bei demselben war unser Abendbrod eingenommen, unsere Hütte gebaut, und todesmüde krochen wir unter ihr schützendes Dach.

Trotz unserer nunmehrigen Schwäche und des Hungers, der uns fast verzehrte, wiewohl Keiner es dem Andern gestand, arbeiteten wir uns am nächsten Morgen auf unserem düsteren und noch immer schwierigen und gefährlichen Wege weiter, in der Hoffnung, bald das Thal zu Gesichte zu bekommen. Gegen Abend ließ sich ein Wasserfall, der seit einiger Zeit die Musik der kleineren Fälle wie mit einem leisen, tiefen Basse begleitet hatte, lauter hören, und um die Zeit des Sonnenuntergangs standen wir am Rande eines Abgrunds, über welchen der dunkle Bach in einem einzigen, ununterbrochenen Sturze von mindestens 300 Fuß hinabbrauste und sich in das Thal ergoß. Dieses lag nun mit seinem wallenden Grün vor uns, aber zugleich war durch den jähen Absturz der Schlucht in dasselbe die Möglichkeit, das ersehnte Ziel zu erreichen, uns mehr als je in Frage gestellt. Doch verzweifelten wir nicht ganz. Da es schon zu dunkeln begann, beschlossen wir, da, wo wir waren, zu übernachten und am andern Tage, durch Schlaf und unseren ganzen Brodrest, den wir auf einmal zum Frühstücke verzehren wollten, erquickt, vollends in das Thal hinabzusteigen oder bei dem Versuche zu sterben.

Noch jetzt graut mir bei der Erinnerung an den Ort, wo wir jene Nacht zubrachten. Auf einer seitwärts von dem Wasserfalle gegen den Abgrund vorspringenden und vom Gischte des ersteren schlüpfrigen Felsenplatte lag ein dicker Baumstamm in schiefer Richtung, mit dem einen Ende auf der Platte ruhend, mit dem anderen an die Seitenwand der Schlucht gestemmt. Gegen diesen lehnten wir in schräger Stellung eine Anzahl der umherliegenden, halb verwitterten Büsche, bedeckten das Ganze mit Zweigen und Laubwerk und verkrochen uns dann darein. Es war eine schreckliche Nacht. Der beständige Donner des Wasserfalls, das Heulen des Windes durch die Bäume, das Plätschern des Regens und die dichte Finsterniß machten auf mich einen so düsteren und niederschlagenden Eindruck, wie nichts zuvor. Naß, halb verhungert, zitternd vor Kälte und an meinem kranken Beine die heftigsten Schmerzen leidend, erlag ich völlig der Last dieses vielfachen Elends und gab mich den schrecklichsten Befürchtungen hin. Ueberdieß sprach mein Gefährte, der nun endlich auch sehr herabgestimmt war, während der ganzen Nacht fast kein Wort.

Endlich graute der Tag, und von unserem elenden Lager uns erhebend, dehnten wir unsere steifen Glieder, aßen den ganzen Ueberrest unseres Brodes und schickten uns an, die letzte Station unserer Reise zurückzulegen. Was für Hindernisse sich uns auf derselben entgegenstellten, und wie wir mehr als einmal nur mit knapper Noth dem Tode entgingen, will ich zu erzählen unterlassen, da ich Aehnliches bereits geschildert habe. Genug sei es, zu sagen, daß wir endlich nach großer Mühe und Gefahr, ohne ein Glied gebrochen zu haben, am Eingange des reizenden Thales, das mir fünf Tage vorher so unerwartet zu Gesichte gekommen war, und fast im Schatten derselben Felsen standen, von deren Gipfeln aus wir auf die zauberische Landschaft hinabgeblickt hatten.

Achtes Kapitel.

Happar oder Typi?

Der Theil des Thales, den wir jetzt betraten, schien gänzlich unbewohnt zu sein. Nach beiden Seiten hin breitete sich ein fast undurchdringliches Dickicht aus, worin kein einziger der Bäume zu sehen war, auf deren Früchte wir so zuversichtlich gerechnet hatten, und da die Erlangung von Nahrungsmitteln unser dringendstes Bedürfniß war, so folgten wir ohne Aufenthalt dem Laufe des Baches. Allein wir gingen eine gute Weile in dieser Richtung, ohne daß sich die Landschaft veränderte, und da ich jetzt dachte, daß vielleicht die Ufer des Baches noch eine längere Strecke weit von solchem Dickichte begrenzt, dagegen seitwärts Lichtungen mit Fruchtbäumen zu finden seien, so bat ich Toby, nach einer Seite auszuschauen, während ich das Nämliche auf der andern thun wollte, ob wir nicht eine Oeffnung in dem Gebüsche entdecken könnten, oder ob nicht ein Fußpfad oder sonst etwas zu bemerken wäre, das auf die Nähe von Menschen hindeutete.

Welch' spähende Blicke warfen wir in diese dämmerigen Schatten, und mit welch' steigender Aufregung schritten wir dahin, da wir nicht wußten, ob nicht jeden Augenblick der Wurfspieß eines im Hinterhalte liegenden Wilden uns treffen konnte! Endlich blieb mein Ge-

fährte stehen und richtete meine Aufmerksamkeit auf eine schmale Oeffnung im Blätterwerke. Wir schlüpften in dieselbe, und bald brachte sie uns auf einem undeutlichen Fußpfade zu einem vergleichungsweise freien Platze, an dessen entgegengesetztem Ende wir eine Anzahl Bäume erblickten, die bei den Eingebornen „Annui“ heißen und eine köstliche Frucht tragen. Welch' ein Rennen entstand nun! Ich humpelte aus Leibeskräften vorwärts, und Toby flog wie ein Windspiel dahin. Bald hatte er einen der Bäume, an dem sich zwei oder drei Früchte befanden, abgeleert; aber zu unserem Verdrusse waren ihre Schalen schon von den Vögeln aufgepickt und das Innere halb aufgezehrt. Nichtsdestoweniger fertigten wir sie rasch ab, und keine Ambrosia hätte uns besser munden können.

Wir blickten jetzt um uns her, ungewiß, wohin wir unsere Schritte lenken sollten, da der Pfad, dem wir bisher gefolgt waren, auf dem freien Platze sich verlor. Endlich wandten wir uns nach einem nahen Haine, und erst wenige Ruthen weit waren wir vorwärts gegangen, als ich, gerade an seinem Saume, einen dünnen Brodfruchtbaumschößling aufhob, der noch vollkommen grün war, und dessen zarte Rinde erst ganz kürzlich abgestreift worden sein mußte. Er war noch schlüpfrig vor Feuchtigkeit und sah aus, als ob er erst in diesem Augenblicke weggeworfen worden wäre. Ich sagte nichts, sondern hielt ihn nur Toby hin, welcher bei diesem unumstößlichen Beweise von der Nähe der Wilden zusammenfuhr. Ein wenig weiter hin lag ein Büschel derselben Schößlinge, die mit einem Streifen Rinde zusammengebunden waren. Hatte es vielleicht ein einzelner Eingeborner gethan, der, erschrocken über unsern Anblick, davongeeilt war, um seinen Landsleuten die Nachricht von unserer Annäherung zu bringen? Happar oder Typi? — Aber zum Rückzuge war es jetzt zu spät, und so gingen wir denn, mein Gefährte voran, langsam weiter und warfen spähende Blicke unter die Bäume zu beiden Seiten, bis ich auf einmal Toby, wie von einer Otter gebissen, zurückprallen sah. Auf ein Knie sich niederlassend, winkte er mir mit einer Hand, zurückzubleiben, während er mit der andern einen ihn in der Aussicht hindernden Zweig bei Seite hielt und mit gespannter Aufmerksamkeit auf einen Gegenstand vor sich blickte.

Ohne seinen Wink zu beachten, näherte ich mich ihm rasch und sah zwei theilweise von dem dichten Blätterwerke verdeckte Gestalten: sie standen ganz nahe bei einander und bewegten kein Glied. Sie mußten uns bemerkt und sich in den dichteren Theil des Gehölzes zurückgezogen haben, um unserer Beobachtung zu entgehen. Mein Entschluß war sogleich gefaßt. Meinen Stock fallen lassend, riß ich das Päckchen mit den Gegenständen, die wir vom Schiffe mitgebracht hatten, auf, entrollte den Baumwollenzeug, und diesen in der einen Hand haltend, brach ich mit der andern einen Zweig von den Büschen neben mir ab, bat Toby, das Gleiche zu thun, arbeitete mich dann durch das Buschwerk und ging, den Zweig als Friedenszeichen schwingend, auf die bebenden Gestalten vor mir zu. Es war ein Knabe und ein Mädchen, beide von leichtem, anmuthigem Körperbau und völlig nackt, einen breiten Gürtel von Rinde ausgenommen, von dem zwei der rothbraunen Blätter des Brodfruchtbaumes herabhingen. Ein Arm des Knaben, durch die üppigen Locken des Mädchens halb verdeckt, war um ihren Nacken geschlungen, während er mit dem andern eine ihrer Hände in der seinigen hielt. So standen sie da, die Köpfe vorwärts geneigt, auf das leise Geräusch, das wir bei unserer Annäherung machten, lauschend und einen Fuß vorgestreckt, als ob sie halb geneigt wären, die Flucht zu ergreifen.

Als wir ihnen näher kamen, nahm ihre Furcht sichtlich zu. Da ich besorgte, sie möchten uns entfliehen, blieb ich stehen und winkte ihnen, heranzukommen und das Geschenk in Empfang zu nehmen, das ich ihnen hinhielt; aber sie zeigten keine Lust dazu. Nun stammelte ich einige mir bekannte Wörter aus ihrer Sprache, zwar kaum erwartend, daß sie mich verstehen würden, aber um ihnen doch zu zeigen, daß wir nicht aus den Wolken herabgefallen seien. Dies schien ihnen ein wenig Vertrauen einzuflößen. Ich trat daher, den Zeug in einer und den Zweig in der andern Hand, ihnen näher, während sie sich langsam zurückzogen. Endlich ließen sie uns sich so nahe kommen, daß wir ihnen den Baumwollenzeug über die Schultern werfen konnten, wobei wir ihnen bedeuteten, daß er ihnen gehöre, und durch allerlei Geberden zu verstehen zu geben suchten, daß wir die größtmögliche Achtung gegen sie hegten.

Das erschrockene Paar blieb jetzt stehen, und wir bemühten uns, ihm begreiflich zu machen, wessen wir vor Allem bedurften. Zu diesem Zwecke führte Toby eine ganze Reihe pantomimischer Darstellungen auf, — indem er den Mund von einem Ohre bis zum andern aufriß, die Finger in den Hals steckte, mit den Zähnen zusammenbiß, wie wenn er etwas äße, und die Augen umherrollen ließ, bis, glaube ich, die armen Geschöpfe uns für ein Paar weißer Kannibalen hielten, welche im Begriffe ständen, sich eine Mahlzeit aus ihnen zu bereiten. Als sie uns jedoch verstanden, zeigten sie keine Neigung, unser Bedürfniß zu befriedigen. Jetzt begann es heftig zu regnen, und wir bedeuteten ihnen, uns zu einem Obdache zu führen. Diesen Wunsch schienen sie erfüllen zu wollen, aber nichts konnte ihren Argwohn gegen uns deutlicher zeigen, als die Art, wie sie, während sie vor uns hergingen, ihre Augen beständig rückwärts gerichtet hielten, um jede unserer Bewegungen und selbst unsere Blicke zu beobachten.

„Typi oder Happar, Toby?“ fragte ich, während wir ihnen folgten.

„Natürlich Happar!“ erwiderte er mit erkünstelter Zuversicht.

„Wir wollen bald sehen!“ rief ich. Damit trat ich gegen unsere Führer vor, sprach die zwei Namen in fragendem Tone aus und deutete zugleich thalabwärts, in der Hoffnung, dadurch auf einmal in's Klare zu kommen. Sie sprachen mir die Wörter immer und immer wieder nach, aber ohne auf eines derselben einen besonderen Nachdruck zu legen, so daß ich nicht klug aus ihnen werden konnte; denn ein paar verschmitztere junge Geschöpfe, als diese, sind schwerlich je einem Reisenden in den Weg gekommen.

Immer begieriger, zu erfahren, welches Loos uns gefallen sei, setzte ich jetzt die Wörter: „Happar" und „mortaki," das „gut" bedeutet, zu einer Frage zusammen. Die zwei jungen Leute wechselten auf dieses hin bedeutsame Blicke und verriethen keine geringe Ueberraschung; als ich aber die Frage wiederholte, beantworteten sie dieselbe nach vorhergehender Berathung unter einander bejahend.

Toby war nun außer sich vor Freude, besonders da die jungen Wilden ihre Antwort oft und mit großem Nachdrucke wiederholten, als ob sie uns zu überzeugen wünschten, daß wir, da wir uns unter den Happars befänden, vollkommen sicher wären.

Obgleich ich mich noch geheimer Zweifel an der Wahrheit dieser Versicherung nicht entschlagen konnte, äußerte auch ich meine Freude darüber, und Toby suchte durch lebhafte Pantomimen seinen Abscheu gegen die Typis und seine unbegrenzte Liebe zu den Happars darzustellen, während unsere Führer einander unbehaglich ansahen, als könnten sie unser Benehmen nicht begreifen. Sie liefen nun voran, und wir folgten ihnen; plötzlich aber stießen sie einen seltsamen Ruf aus, der jenseits des Haines, durch den wir gingen, beantwortet wurde, und in dem nächsten Augenblicke kamen wir auf eine Lichtung, an deren Ende wir eine lange, niedrige Hütte bemerkten, vor welcher mehrere junge Mädchen standen. Sobald diese uns sahen, flohen sie kreischend gleich aufgescheuchten Rehen in die nahen Dickichte. Einige Augenblicke nachher erscholl das ganze Thal von dem Geschrei der Wilden, und diese kamen von allen Seiten auf uns zugerannt.

Wäre ein fremdes Kriegsheer in ihr Gebiet eingebrochen, so hätte ihre Aufregung nicht größer sein können. Bald waren wir von einem dichten Haufen umringt, und in ihrer Begierde, uns zu sehen, verhinderten sie uns fast am Weitergehen. Eine nicht kleinere Anzahl drängte sich um unsere jungen Führer, welche mit erstaunlicher Zungengeläufigkeit alle Einzelnheiten ihres Zusammentreffens mit uns zu berichten schienen. Jede neue Mittheilung steigerte das Erstaunen der Insulaner, und sie betrachteten uns mit forschenden Blicken.

Endlich erreichten wir ein großes, hübsches Gebäude von Bambus, und man forderte uns zum Eintreten in dasselbe auf, indem die Eingebornen zu beiden Seiten Spaliere machten, um uns durchzulassen. Ohne Umstände gingen wir hinein und warfen uns erschöpft auf die Matten, welche den Boden bedeckten. In einem Augenblicke war das Haus gedrückt voll von Neugierigen, während diejenigen, welche sich nicht mehr hereindrängen konnten, uns von außen durch das durchbrochene Flechtwerk angafften.

Es war jetzt Abend, und bei dem matten Lichte konnten wir eben noch die von Neugierde und Verwunderung erregten Gesichter der Wilden, die tättowirten Glieder stämmiger Krieger, so wie da und dort die leichteren Gestalten junger Mädchen sehen. Alle waren in einem wahren Sturme von Unterhaltung begriffen, deren einzigen Gegenstand natürlich wir ausmachten, und wobei unsere Führer vollauf zu thun hatten, die unzähligen Fragen zu beantworten, die man von allen Seiten an sie richtete. Nichts geht über das ungestüme Geberdenspiel dieser Leute, wenn sie einen ihnen wichtigen Gegenstand besprechen, und jetzt ließen sie ihrer ganzen natürlichen Lebhaftigkeit freien Lauf, indem sie auf eine uns fast erschreckende Weise schrieen und umhertanzten.

Dicht neben dem Orte, wo wir lagen, kauerten acht bis zehn vornehm aussehende Häuptlinge, welche, zurückhaltender als die

Uebrigen, uns mit strengen Blicken fixirten, was uns nicht wenig aus der Fassung brachte. Besonders einer, welcher der höchste im Range zu sein schien, setzte sich mir gerade gegenüber und sah mich unverwandt mit strenger Miene an, ohne den Mund zu öffnen oder auch nur einen Augenblick bei Seite zu blicken. Die Augen des Mannes verriethen nichts von seinen Gedanken, schienen aber die meinigen zu lesen.

Nachdem diese peinliche Erforschung meines äußeren und inneren Menschen fortgedauert hatte, bis ich ganz aufgeregt davon war, zog ich, um ihr wo möglich ein Ende zu machen und mir das Wohlwollen des Kriegers zu erwerben, etwas Taback aus meinem Wammse hervor und bot ihm denselben an. Er wies jedoch meine Gabe ruhig zurück und winkte mir schweigend, sie wieder einzustecken. Bei meinem früheren Verkehre mit den Eingebornen von Nukahiwa und Tior hatte ich die Erfahrung gemacht, daß man sie mit einem Stückchen Kautaback sich ganz dienstwillig machen konnte. War nun das Benehmen dieses Häuptlings ein Zeichen feindseliger Gesinnung? Happar oder Typi? dachte ich. Ich schrack zusammen; denn in demselben Augenblicke wurde die nämliche Frage von dem seltsamen Wesen vor mir ausgesprochen. Ich wandte mich gegen Toby, und das flackernde Licht einer insulanischen Kerze zeigte mir sein bei dieser verhängnißvollen Frage vor Schrecken bleich gewordenes Gesicht. Einen Augenblick schwieg ich; dann, ich weiß selbst nicht warum, antwortete ich: „Typi." Die dunkle Bildsäule vor mir nickte beifällig und murmelte dann: „Mortaki!" — „Mortaki," sagte ich, ohne ferner zu zögern, „Typi mortaki!"

Welch' eine Verwandlung! die dunklen Gestalten um uns her sprangen auf, klatschten entzückt in die Hände und riefen mir immer und immer wieder jene zwei Worte nach, die wie eine Zauberformel Alles in Ordnung gebracht zu haben schienen.

Als die allgemeine Aufregung sich etwas gelegt hatte, kauerte sich der oberste Häuptling wieder vor mir nieder und brach, in eine plötzliche Wuth sich versetzend, in einen Redestrom aus, dessen Inhalt leicht zu errathen war, da das Wort „Happar“ häufig darin vorkam. Wir dagegen benützten jede Pause, die er machte, zur Wiederholung unseres Zauberworts, das mehr als Alles geeignet schien, ein freundliches Verhältniß zwischen uns und den Eingeborenen zu begründen.

Endlich verrauchte die Wuth des Häuptlings, und er wurde wieder so ruhig wie zuvor. Die Hand auf die Brust legend gab er mir zu verstehen, daß er „Mehewi“ heiße und auch meinen Namen zu erfahren wünsche. Ich zögerte einen Augenblick, da ich dachte, daß die Aussprache meines wirklichen Namens ihm schwer fallen würde, und dann bedeutete ich ihm, daß ich „Tom“ genannt werde. Aber auch dieses Wort konnte der Häuptling nicht aussprechen, sondern bald sagte er „Tommo,“ bald „Tomma,“ bald „Tommi,“ — Alles, nur nicht „Tom.“ Da er nun darauf bestand, dem Worte einen Selbstlauter anzuhängen, so ließ ich ihn gewähren, mich „Tommo“ zu nennen, und dieser Name blieb mir denn auch während meines ganzen Aufenthalts in dem Thale. Dieselbe Ceremonie wurde mit Toby vorgenommen, dessen klangreichere Benennung aber dem Häuptlinge leichter einging. Ein Namenaustausch kommt bei diesen einfachen Menschen einer Freundschaftserklärung gleich, und wir freuten uns daher sehr darüber.

Auf unsern Matten sitzend hielten wir nun wie große Herren eine Art Lever, indem wir den Anwesenden Audienz ertheilten, welche sich nach einander, ihre Namen nennend, uns vorstellten und, nachdem sie die unsrigen entgegengenommen hatten, in bester Laune sich zurückzogen. Fast auf jede Namenangabe von ihrer Seite folgte ein neuer Ausbruch der Fröhlichkeit, weßhalb ich vermuthete, daß wenigstens ein Theil derselben der Gesellschaft auf unsere Kosten eine harmlose Belustigung verschaffte, indem sie sich eine Reihe närrischer Titel beilegten, deren witzige Bedeutung wir aber natürlich nicht verstehen konnten.

Ueber Allem dem war etwa eine Stunde vergangen, und da nun der Zudrang der Eingebornen sich etwas vermindert hatte, wandte ich mich an Mehewi, und gab ihm zu verstehen, daß wir ein dringendes Bedürfniß nach Speise und Schlaf hätten. Sogleich richtete der aufmerksame Häuptling einige Worte an Einen aus der Menge, der sofort verschwand und nach wenigen Augenblicken mit einem Flaschenkürbisse voll Poi — poi und einigen jungen Cocosnüssen zurückkehrte, von denen die äußeren Hülsen bereits abgestreift und die Schalen geöffnet waren. Jeder von uns setzte einen dieser natürlichen Pokale an die Lippen und trank mit Begierde die erquickende Flüssigkeit. Hierauf wurde uns das Poi—poi vorgesetzt, und so hungrig ich war, besann ich mich doch zuerst, wie ich es zum Munde führen sollte. Dieses Hauptnahrungsmittel der Marquesasinsulaner wird aus dem Erzeugnisse des Brodfruchtbaumes bereitet und ist eine klebrige Masse von gelber Farbe nnd pikantem Geschmacke. Nachdem ich es, wie es jetzt in dem Flaschenkürbisse vor mir stand, einige Augenblicke verlegen angesehen hatte, steckte ich, unfähig, längere Umstände zu machen, meine Hand in die weiche Masse und zog sie zur größten Belustigung der Eingebornen mit dem Poi—poi, das sich in langen Streifen an jeden Finger hing, beladen wieder heraus. So zähe war es, daß, während ich meine Hand zum Munde führte, die herabhängenden Streifen den Flaschenkürbis fast von der Matte, worauf er stand, in die Höhe zogen. Beim Anblicke dieses linkischen Benehmens, bei dem mir Toby Gesellschaft leistete, brachen die Umstehenden in ein schallendes Gelächter aus.

Sobald sich ihre Heiterkeit etwas gelegt hatte, tauchte Mehewi, indem er mir aufzumerken winkte, den Zeigefinger seiner rechten Hand in das Gericht, drehte ihn darin rasch und kunstgerecht umher und zog ihn mit der Substanz glatt überzogen heraus. Mittelst einer zweiten eigenthümlichen Schwingung verhinderte er, daß das Poi-poi auf den Boden floß, während er es zum Munde führte, aus welchem er den Finger vollkommen rein wieder herauszog. Ich suchte nun das Kunststück nachzuahmen, aber mit sehr schlechtem Erfolge. Ein halb Verhungerter kümmert sich jedoch, besonders auf einer Südsee-insel, wenig um konventionelle Rücksichten, und Toby und ich verzehrten daher das Gericht nach unserer eigenen plumpen Manier, indem wir unsere Gesichter über und über mit der klebrigen Masse bepflasterten und unsere Hände fast bis zum Gelenke beschmierten. Dieses Gericht ist für den Gaumen eines Europäers keineswegs unangenehm; ich wenigstens war nach einigen Tagen an seinen eigenthümlichen Geschmack gewöhnt, und es wurde eine Lieblingsspeise von mir. Noch mehrere andere Gerichte folgten, von denen einige wirklich köstlich waren. Wir beschlossen unsern Schmaus, indem wir noch zwei junge Kokosnüsse austranken, worauf wir eingeladen wurden, aus einer zierlich geschnitzten Tabackspfeife zu rauchen, welche im Kreise umherging.

Während unserer Mahlzeit betrachteten uns die Eingebornen mit gespannter Aufmerksamkeit, beobachteten unsere geringsten Bewegungen und schienen in jeder Kleinigkeit Stoff zu allerlei Bemerkungen zu finden. Aber auf's höchste stieg ihr Erstaunen, als wir unsere ganz durchnäßten Kleider abzulegen begannen, und sie das Weiß unserer Glieder sahen, dessen Contrast gegen die schwärzliche Farbe unserer Gesichter, welche ein halbes Jahr lang der glühenden Sonne der Linie ausgesetzt gewesen waren, sie sich durchaus nicht erklären konnten. Sie betasteten unsere Haut, etwa wie ein Seidehändler ein besonders schönes Stück Atlas, und Einige gingen sogar so weit, ihr Geruchsorgan damit in Berührung zu bringen.

Es schien beinahe, als hätten sie noch nie einen Weißen gesehen; aber ein kurzes Nachdenken überzeugte mich, daß dieß nicht wohl der Fall sein könne, und seitdem habe ich eine befriedigendere Erklärung ihres Benehmens gefunden. Abgeschreckt durch die haarsträubenden Geschichten, die man von den Typis erzählt, laufen nämlich Schiffe nie in ihre Bai ein, und ihr feindliches Verhältniß zu den Stämmen der Nachbarthäler verhindert sie, den Theil der Insel zu besuchen, wo manchmal Schiffe vor Anker liegen. Selten genug wagt sich aber einmal ein unerschrockener Kapitän mit zwei oder drei bewaffneten Booten, von einem Dolmetscher begleitet, an den Rand der Bai. Die in der Nähe des Meeres wohnenden Eingebornen bemerken die Fremden lange, ehe diese ihre Gewässer erreichen, und da sie wohl wissen, in welcher Absicht sie kommen, rufen sie die Kunde von ihrer Annäherung laut aus. Durch eine Art Stimmentelegraphen verbreitet sich die Nachricht in erstaunlich kurzer Zeit bis in die innersten Theile des Thales und lockt fast dessen ganze Bevölkerung, mit Früchten aller Art beladen, an die Küste herab. Der Dolmetscher, welcher stets ein Tabuinsulaner *) ist, springt mit den zum Tauschhandel bestimmten Waaren an's Land, während die Boote mit ihrer ganzen Bemannung gerade außerhalb der Brandung liegen bleiben, stets bereit, bei dem ersten bedrohlichen Vorfalle nach der offenen See zurückzueilen. Sobald der Tauschhandel abgeschlossen ist, rudert eines der Boote unter dem Schutze der Musketen der übrigen an's Ufer, die Früchte werden schnell hineingeworfen, und dann strengt man alle

*) Es gibt nämlich Fälle, in welchen ein Eingeborner, der mit Jemanden aus einem feindlichen Stamme ein persönliches Freundschaftsbündniß geschlossen hat, unter gewissen Beschränkungen sich ungescheut in das Thal seines Freundes wagen darf, wo er sonst als Feind behandelt würde. Ein solcher wird „tabu," d. h. unverletzlich oder heilig, genannt.

Kräfte an, um sich so rasch als möglich wieder aus der gefährlichen Nachbarschaft zu entfernen.

Bei einem so beschränkten Verkehre mit Europäern war es kein Wunder, daß die Bewohner des Thales uns mit solcher Neugierde betrachteten, besonders da wir auf eine so ungewöhnliche Art zu ihnen gekommen waren. Höchst wahrscheinlich waren wir die ersten Weißen, welche so tief in ihr Gebiet eindrangen, sicherlich aber die ersten, welche von den das Thal umgebenden Höhen zu ihnen herabstiegen. Was uns hieher gebracht habe, mußte ihnen völlig unerklärlich sein, und bei unserer Unbekanntschaft mit ihrer Sprache war es uns unmöglich, ihnen Aufschluß darüber zu geben. Als Antwort auf ihre Fragen hierüber, welche ihr beredtes Geberdenspiel uns verständlich machte, konnten wir nicht mehr sagen, als daß wir von Nukahiwa kämen. Nun bestürmten sie uns mit tausend andern Fragen, von denen wir nicht mehr verstanden, als daß sie sich auf die neuesten Bewegungen der Franzosen bezogen, gegen die sie einen glühenden Haß an den Tag legten. So begierig waren sie nach Mittheilungen hierüber, daß sie noch lange, nachdem wir unser Unvermögen, ihnen zu antworten, gezeigt hatten, mit ihren Fragen fortfuhren. Wenn hie und da eine unbestimmte Vorstellung von dem Sinne der letzteren in uns aufdämmerte, und wir die gewünschte Auskunft zu geben uns bemühten, so hatte ihre Freude keine Grenzen, und sie verdoppelten ihre Anstrengungen, sich uns vollkommener verständlich zu machen. Aber es war vergeblich, und endlich blickten sie verzweifelnd auf uns, wie auf Behälter unschätzbarer Nachrichten, zu denen ihnen der Schlüssel fehlte.

Nach einiger Zeit verlief sich der Haufen um uns her allmälig, und wir wurden, es mochte um Mitternacht sein, mit den eigentlichen Bewohnern des Hauses allein gelassen. Diese versahen uns jetzt mit frischen Matten zum Niederliegen, bedeckten uns mit mehreren Tappa=

überwürfen, löschten dann die Kerzen aus, streckten sich neben uns nieder und versanken, nachdem sie noch ein wenig mit einander geplaudert hatten, in tiefen Schlaf.

Neuntes Kapitel.

Der Krieger und der Arzt.

Erschöpft von den Anstrengungen des Tages schlief Toby fest an meiner Seite; mich aber ließ der Schmerz an meinem Beine nicht zur Ruhe kommen, und die beängstigendsten Gedanken quälten mich. Nun befanden wir uns also in der Gewalt der furchtbaren Typis, deren bloßer Name mich noch vor wenigen Tagen mit Schauder erfüllt hatte. Zwar war uns von ihnen bis jetzt kein Leid geschehen, vielmehr hatten sie uns gastfreundlich aufgenommen; aber die Unbeständigkeit und Verrätherei eines Wilden ist ja sprüchwörtlich. War es nicht möglich, daß die Insulaner unter dieser freundlichen Außenseite einen hinterlistigen Plan verbargen, und daß alles Bisherige nur das täuschende Vorspiel zu einer blutigen Gräuelthat bildete? Solche düstere Gedanken gingen mir durch den Sinn, während ich schlaflos auf meiner Matte lag, umgeben von denen, die mir solche Besorgnisse einflößten.

Gegen Morgen verfiel ich endlich in einen unruhigen Schlummer, und als ich aus einem schrecklichen Traume auffahrend erwachte, blickte ich in die neugierigen Gesichter einer Anzahl Eingeborner, welche sich über mich beugten. Es war heller Tag, und das Haus war fast voll von phantastisch mit Blumen verzierten jungen Frauenspersonen, die mich, als ich mich aufrichtete, mit Gesichtern angafften, in denen sich eine kindische Freude und Neugierde malte. Nachdem auch Toby erwacht war, setzten sie sich rings um uns auf die Matten, musterten uns vom Kopfe bis zu den Füßen und gaben sich dabei einer so ausgelassenen Lustigkeit hin, daß ich ganz verlegen wurde, Toby aber vor Aerger außer sich kam. Uebrigens zeigten sich diese jungen Damen zugleich sehr dienstfertig, indem sie die Insekten, die sich von Zeit zu Zeit auf unseren Gesichtern niederließen, wegscheuchten und uns Speisen vorsetzten. Auch entlockte ihnen mein Zustand mitleidige Blicke.

Als sie sich nach Herzenslust ergötzt hatten, entfernten sie sich und machten dem anderen Geschlechte Platz', das bis gegen Mittag truppweise nach dem Hause wallfahrtete. Um diese Zeit, glaube ich, hatte der größere Theil der Thalbewohner das Vergnügen unseres Anblicks genossen. Endlich, als die Zahl der Besucher sich zu vermindern begann, beugte ein prächtig aussehender Krieger die hohen Federn seines Kopfputzes unter die niedrige Thüre und trat in das Haus. Ich sah sogleich, daß er ein Mann von hohem Range war; denn die Anwesenden betrachteten ihn mit der größten Ehrerbietung und machten ihm Platz, als er sich näherte. Sein Aussehen war achtunggebietend. Die prachtvollen langen Schwanzfedern eines tropischen Vogels, mit dem bunten Gefieder des Hahnes reichlich untermischt, bildeten einen großen aufrechten Halbkreis auf seinem Kopfe, indem ihr unterer Theil in einem Halbmonde von Kügelchen befestigt war, der die Stirne umspannte. Um seinen Hals hingen mehrere Schnüre von Eberzähnen, die wie Elfenbein geglättet und so angebracht waren, daß die größten auf seiner breiten Brust ruhten. In seinen großen Ohrenlöchern stacken zwei kleine, schöngeformte Pottwallfischzähne, die Höhlungen gegen vorne gerichtet und mit frischen Blättern ausgestopft, während sie am anderen Ende zu wunderlichen kleinen Bildern und Emblemen ausgeschnitzelt waren. Diese barbarischen Zierrathen, an ihren Oeffnungen so geschmückt und sich bis zu einem Punkte hinter dem Ohre krümmend und zuspitzend, hatten keine geringe Aehnlichkeit mit einem Paare Füllhörner. Um die Lenden des Kriegers war ein breiter, faltenreicher Tappagürtel von dunkler Farbe geschlungen, der vorne und hinten in ganze Büschel von Quasten endigte. Arm- und Fußspangen von krausen Menschenhaaren vollendeten sein originelles Kostüm. In seiner rechten Hand hielt er einen schönen, gegen fünfzehn Fuß langen Spieß von hellem Holze, dessen eines Ende scharf zugespitzt, das andere platt wie eine Ruderschaufel war. Schief von seinem Gürtel hing eine reichverzierte Tabackspfeife herab; das dünne Rohr war roth bemalt, und um dasselbe wie um den Kopf der Pfeife flatterten Fransen von dem feinsten Tappazeuge.

Doch das Merkwürdigste an dem Krieger war seine künstliche Tättowirung. Alle möglichen geraden und krummen Linien und Figuren zogen sich über seinen ganzen sehr schön gebauten Körper hin, und bei ihrer grotesken Mannigfaltigkeit und endlosen Menge konnte ich sie nur mit einem sehr complicirten Stickmuster vergleichen. Die einfachste und merkwürdigste aller dieser Verzierungen war die auf dem Gesichte des Häuptlings angebrachte. Zwei breite Striche, welche von dem Mittelpunkte des geschorenen Theils seines Kopfes ausliefen, zogen sich schräg über beide Augenlieder bis unter die Ohren, wo sie mit einem anderen Striche zusammentrafen, der in einer geraden Linie den Lippen entlang lief und die Basis des Dreiecks bildete.

Diese Heldengestalt ließ sich jetzt in einiger Entfernung von dem Orte nieder, wo Toby und ich saßen, während die übrigen Wilden erwartungsvoll bald auf uns, bald auf den stolzen Krieger blickten. Als ich ihn aufmerksam betrachtete, kamen mir seine Züge bekannt vor. Sobald er mir sein Gesicht ganz zuwandte, und ich wieder dessen ungewöhnliche Verzierung sah, so wie dem eigenthümlichen Blicke begegnete, der am vorhergehenden Abende auf mir geruht hatte, erkannte ich in ihm, trotz der sonstigen Veränderung in seinem Aeußeren, den Häuptling Mehewi. Als ich ihn anredete, näherte er sich mir sogleich, grüßte mich auf's herzlichste und schien sich über die Wirkung, welche sein Prachtkostüm auf mich hervorgebracht hatte, nicht wenig zu freuen. Ich beschloß, mir wo möglich das Wohlwollen dieses Mannes zu erwerben, da ich wohl merkte, daß er in hohem Ansehen stand und daher einen bedeutenden Einfluß auf unser Schicksal üben konnte. Auch wurde meine Bewerbung um seine Gunst nicht zurückgewiesen; vielmehr kam er meinem Gefährten und mir mit der größten Freundlichkeit entgegen. Er streckte seine gewaltigen Glieder an unserer Seite aus und bemühte sich, uns den ganzen Umfang seiner freundschaftlichen Gesinnung gegen uns deutlich zu machen. Die fast unüberwindliche Schwierigkeit des Gedankenaustausches zwischen uns war ihm übrigens höchst verdrießlich, da er sehr gewünscht hätte, von den Merkwürdigkeiten des fernen Landes zu hören, aus dem wir gekommen seien.

Als sein Blick auf mein geschwollenes Bein fiel, untersuchte er es mit der größten Aufmerksamkeit und sandte dann einen Knaben mit einem Auftrage weg. Nach kurzer Zeit kehrte dieser mit einem hochbetagten Insulaner zurück, den man für den alten Hippokrates selbst hätte halten können. Sein Kopf war so kahl und glatt, wie eine polirte Kokosnußschale, während sein langer, silberweißer Bart fast bis zu seinem Gürtel aus Rinde hinabreichte. Um seine Schläfe trug er eine Binde von geflochtenen Blättern des Omubaumes, welche dicht über die Augenbraunen gedrückt war, um sein schwaches Gesicht gegen das blendende Sonnenlicht zu schützen. Seine wankenden Schritte wurden durch einen langen, dünnen Stab unterstützt, ähnlich dem, womit ein Magier auf der Bühne erscheint, und in der andern Hand trug er einen frisch geflochtenen Fächer von den grünen jungen Blättchen des Kokosnußbaumes. Ein mittelst eines Knotens auf der Schulter befestigtes langes, weißes Tappagewand umfloß seine gebückte Gestalt und erhöhte das Ehrwürdige seiner Erscheinung.

Mehewi grüßte den Greis, winkte ihm auf einen Sitz zwischen uns, deckte dann mein Bein auf und bat ihn, dasselbe zu untersuchen. Der Arzt blickte aufmerksam von mir auf Toby und ging dann an's Werk. Nachdem er das leidende Glied sorgfältig untersucht hatte, begann er seine Cur, und wahrscheinlich voraussetzend, daß das Bein alles Gefühl verloren habe, fing er an, es so zu kneipen und darauf loszuhämmern, daß ich vor Schmerz aufbrüllte. Da ich dachte, daß, wenn ich mein Bein gekneipt und geschlagen haben wollte, ich dieß eben so gut selbst thun könnte, so suchte ich mich dieser Heilmethode zu widersetzen. Aber es war nichts so Leichtes, den Krallen des alten Hexenmeisters zu entkommen: er hielt das unglückliche Bein so fest, als wäre es etwas, das er schon lange gesucht hätte, und setzte, eine Beschwörungsformel murmelnd, seine Cur in einer Weise fort, die mich hätte für immer zum Krüppel machen können. Mehewi aber drückte mich, wie etwa eine liebende Mutter ihr sich sträubendes Kind auf dem Stuhle eines Zahnarztes festhält, in eiserner Umarmung an sich und ermuthigte den unseligen Mann, mit seiner Tortur fortzufahren.

Außer mir vor Schmerz schrie ich wie ein Wahnsinniger, während Toby voll Mitgefühl mit mir ohne Worte und doch auf eine sehr beredte Weise die Beiden zu bewegen sich bemühte, mich loszulassen. Wer ihn gesehen hätte, wie er zu diesem Zwecke alle erdenklichen Geberden und Stellungen versuchte, dem wäre er wie das verkörperte stumme Alphabet vorgekommen.

Ob nun mein Quälgeist endlich doch durch Toby's Bitten sich

rühren ließ, oder aus reiner Erschöpfung innehielt, weiß ich nicht; sei dem, wie ihm wolle, plötzlich stellte er seine Operation ein, und zugleich ließ mich der Häuptling los, worauf ich fast ohnmächtig niedersank. Mein unglückliches Bein befand sich nun ungefähr in einem Zustande, wie ein Beefsteak, nachdem es in der Küche durch Schlagen zum Braten zugerichtet worden ist. Sobald mein Arzt sich von seiner Anstrengung erholt hatte, nahm er einige Kräuter aus einem kleinen Sacke, der an seiner Hüfte hing, erweichte sie in Wasser und legte sie auf das entzündete Glied, indem er sich über dasselbe herabbeugte und eine Zauberformel flüsterte oder ein vertrauliches Gespräch mit dem vermeintlichen Dämon führte, der in meinem Beine saß. Schließlich umwickelte er dieses mit Blätterbandagen und überließ mich dann, wofür ich ihm sehr dankbar war, der Ruhe.

Kurz darauf erhob sich Mehewi; ehe er aber ging, sprach er in gebietendem Tone mit einem Eingeborenen, den er Kory-Kory nannte, und sagte mir hierauf, was mir aber erst aus dem nachherigen Benehmen des Letzteren gegen mich klar wurde, daß es fortan das besondere Geschäft dieses Mannes sein würde, meiner zu pflegen und mich zu bedienen. Einen komischen Eindruck machte es auf mich, daß der Häuptling bei dieser Gelegenheit wenigstens eine Viertelstunde lang so ruhig zu mir sprach, als könnte ich jedes Wort verstehen. Dieß begegnete mir später noch oft auch mit andern Insulanern.

Nachdem Mehewi und der Arzt gegen Sonnenuntergang sich entfernt hatten, blieben wir mit den regelmäßigen Bewohnern des Hauses allein zurück.

Zehntes Kapitel.

Unser Haus und seine Bewohner.

Das Haus, dessen Insassen wir jetzt waren, stand, unweit einer Seitenwand des Thales, am Abhange einer im reichsten Grün prangenden Anhöhe und hatte eine etwa acht Fuß hohe steinerne Grundlage, welche die Eingeborenen Pi-pi nannten. Vorne war auf der letzteren ein schmaler Raum frei gelassen, der, mit Rohren eingefriedigt, fast wie eine Veranda aussah. Das Gerüste des Hauses bestand aus aufrecht stehenden großen Bambusrohren, durch welche, mit Rindenstreifen befestigt, Querhölzer von einer anderen Holzart liefen. Die Hinterwand, mit auf einander gebundenen Zweigen des Kokosnußbaumes, deren Blätter geschickt zusammengeflochten waren, ausgefüllt, stieg gegen zwanzig Fuß über das Pi-pi empor, und von diesem höchsten Punkte aus senkte sich das abschüssige, mit den langen, spitz zulaufenden Blättern der Tannenpalme gedeckte Dach bis zu einer Höhe von nur fünf Fuß herab. Die Vorderseite des Hauses und seine zwei Seitenwände waren gitterartig aus leichten, zierlichen Rohren gebaut, so daß es nach drei Richtungen der Luft Zutritt gewährte, während das Ganze dem Regen unzugänglich war. In der Länge hatte dieses malerische Gebäude vielleicht zwölf Ellen, während seine Breite nicht wohl mehr als eben so viele Fuß betrug. Mit seinem drahtähnlichen Gitterwerke an den genannten drei Seiten sah es fast wie ein ungeheurer Vogelbauer aus.

Trat man, sich ein wenig bückend, durch eine vorne angebrachte schmale Oeffnung ein, so hatte man zwei vollkommen gerade, wohl geglättete Kokosnußbaumstämme vor sich, welche die ganze Länge der Behausung einnahmen, und von denen der eine dicht an der Hinterwand, der andere in gleicher Richtung etwa drei Ellen davon entfernt lag. Der Raum zwischen denselben, mit vielen bunten Matten von verschiedenen Mustern bedeckt, bildete den gemeinschaftlichen Ruheort der Hausbewohner und entsprach dem Zwecke eines Divans in morgenländischen Häusern. Hier schliefen sie bei Nacht, hier saßen sie, an die Seiten der stattlichen Stämme gelehnt, in behaglicher Ruhe den größten Theil des Tags. Der übrige Fußboden zeigte nur die Oberfläche der großen, glatten Steine, aus denen das Pi-pi bestand. An der Decke hing eine Anzahl in groben Tappazeug gewickelter Päcke. Einige derselben enthielten Festkleider und andere hoch geschätzte Garderobegegenstände; jeder aber konnte mittelst einer an einer Seitenwand befestigten Schnur nach Belieben auf und ab gezogen werden. An der Hinterwand sah man, geschmackvoll geordnet, allerlei Speere und Wurfspieße, sowie andere Kriegsgeräthschaften.

In dem verandaähnlichen Raume außen an der Vorderseite des Hauses befand sich ein kleiner Schoppen, der als Speisekammer und zur Aufbewahrung verschiedener zum häuslichen Gebrauche bestimmter Gegenstände diente. Einige Ellen von dem Pi-pi entfernt stand ein großer, aus Kokosnußbaumästen erbauter Schoppen, wo das Poi-poi bereitet wurde und überhaupt alle Küchenoperationen vor sich gingen.

Aus dieser Beschreibung unseres Hauses, welche zugleich fast auf alle anderen im Thale paßt, erhellt, daß eine bequemere, für das Klima und die Lebensart der Eingeborenen passendere Wohnung sich nicht leicht denken läßt. Es war kühl, luftig, über die Feuchtigkeit des Bodens erhaben und ausnehmend reinlich.

Bei der Schilderung unserer Hausgenossen soll mein treuer, bewährter Leib- und Kammerdiener Kory-Kory, dessen unermüdlicher Aufmerksamkeit ich nächst Gott vielleicht die Erhaltung meines Lebens verdanke, den Vortritt haben. Er war etwa fünfundzwanzig Jahre alt, sechs Fuß hoch, stark und wohlgebaut, hatte sich aber ein höchst sonderbares, ja nach meinem Geschmacke häßliches Aussehen gegeben. Sein Kopf war sorgfältig geschoren, mit Ausnahme zwei kreisförmiger thalergroßer Flecke oben am Hinterkopfe, wo seine erstaunlich langen Haare in zwei hervorstehende Knoten geflochten waren, die wie ein Paar Hörner aussahen. Während er sich den Bart sonst überall mit den Wurzeln ausgerissen hatte, wallten von seiner Oberlippe zwei haarige Gehänge herab und eben so viele von dem untersten Theile seines Kinns. Auf sein Gesicht, das an und für sich einen einnehmenden Ausdruck hatte, waren von einem Ende zum andern drei breite Querstreifen tättowirt, welche gleich jenen Landstraßen, die trotz aller Hindernisse immer geradeaus laufen, sein Geruchsorgan durchkreuzten, bis in die Augenwinkel hinabgingen und selbst die nächste Nähe seines Mundes nicht scheuten. Einer zog sich in einer Linie mit den Augen hin, ein anderer lief mitten über die Nase, und der dritte ging den Lippen entlang von einem Ohre zum andern. Mit diesem dreifachen Schmucke ausgestattet erinnerte mich sein Gesicht an jene Unglücklichen, die man manchmal hinter den Gitterstäben eines Gefängnißfensters wehmüthig hervorblicken sieht, während sein mit Abbildungen von Vögeln, Fischen und den wunderlichsten Thiergestalten aller Art über und über bedeckter Leib unwillkürlich die Vorstellung einer illustrirten Naturgeschichte erweckte.

Der Vater Kory-Kory's war ein Mann von riesigem Körperbau und hatte einst eine ungeheure Stärke besessen; aber die hohe Gestalt beugte sich jetzt unter der Last der Jahre, obgleich Krankheit nie die Hand an den alten Krieger gelegt zu haben schien. Marheyo, so hieß er, hatte sich von aller thätigen Theilnahme an den öffentlichen Angelegenheiten zurückgezogen und füllte den größten Theil seiner Zeit mit dem Erbauen eines kleinen Schoppen dem Hause gegenüber aus, womit er sich, wie ich mich mit eigenen Augen überzeugen konnte, vier

Monate lang beschäftigte, ohne einen merklichen Fortschritt zu machen. Es kam mir fast vor, der alte Herr sei schon ein wenig kindisch geworden, worauf mancherlei hinwies. Besonders erinnere ich mich, daß er ein Paar aus den Zähnen eines Seeungeheuers verfertigter Ohrenzierrathen wenigstens fünfzigmal des Tags abwechselnd an- und ablegte, indem er zu diesem Zwecke mit der größten Ruhe jedesmal von seinem Schoppen hereinkam. Uebrigens war er ein sehr gutherziger und wahrhaft väterlich gesinnter Greis.

Kory-Kory's Mutter, die alte Tinor, war eine sehr geschickte und thätige Hausfrau. Verstand sie sich auch nicht auf Torten und Pasteten, so war sie doch in alle Geheimnisse der Bereitung des Koku's, des Amar's *), des Poi-poi's und anderer nahrhaften Speisen auf's gründlichste eingeweiht. Geschäftig ging sie im Hause hin und her, gab den jungen Mädchen Arbeiten auf, welche aber diese nur zu oft ungethan ließen, stöberte in allen Winkeln, durchsuchte Bündel alten Tappazeugs oder rumorte unter den Flaschenkürbissen. Manchmal sah man sie vor einer großen hölzernen Wanne kauern und mit erstaunlichem Eifer Poi-poi kneten, indem sie ihre steinerne Mörserkeule umherwarf, als wollte sie die Wanne in Stücke schlagen; ein anderes Mal lief sie, eine besondere Art Blätter suchend, im Thale umher und kam keuchend und schweißtriefend mit einem Bündel derselben, dem die meisten Weiber unterlegen wären, nach Hause zurück. Sie war, um die Wahrheit zu sagen, die einzige Person im ganzen Thale, die es sich mit der Arbeit sauer werden ließ. Uebrigens war der größte Theil ihrer Verrichtungen durchaus nichts Nothwendiges, son-

*) Diese beiden Nahrungsmittel werden mittelst eines sehr künstlichen Prozesses wie das Poi-poi aus Brodfrucht bereitet. Das erstere ist eine von einer dicken rahmartigen Flüssigkeit umgebene Art Pudding von überaus köstlichem Geschmacke und würde der Tafel eines Königs Ehre machen; das letztere ist ein amberfarbiger gebackener Kuchen.

dern sie schien eben einen unwiderstehlichen Trieb zur Thätigkeit in sich zu fühlen. Dabei hatte sie das wohlwollendste Herz von der Welt und benahm sich besonders gegen mich, dem sie nicht selten, wie eine Mutter ihrem Kinde, einen Leckerbissen in die Hand steckte, auf's liebevollste.

Außer den genannten Personen gehörten zu dem Haushalte, dem wir einverleibt worden waren, drei junge Männer, welche fischten, Canoes aushöhlten und ihre Zierrathen polirten, oder mit Tabackrauchen und Umherschlendern sich die Zeit vertrieben. Mehrere junge Mädchen vollendeten den Kreis unserer Hausgenossen. Ihre Beschäftigung bestand in dem Bereiten einer feinen Art Tappa; doch brachten sie den größten Theil ihrer Zeit damit zu, daß sie von Haus zu Haus gingen und mit ihren Bekannten plauderten.

Sämmtliche Bewohner unseres Hauses waren von sehr edlem Körperbau und einnehmenden Gesichtszügen. Ueberhaupt überraschte mich die körperliche Kraft und Schönheit der Einwohner dieses Thales nicht wenig. Wenn hierin den Marquesasinsulanern überhaupt, deren hervorragende Eigenthümlichkeit der europäische Charakter ihrer Gesichtszüge ist, alle übrigen Eingeborenen der Südseeinseln weit nachstehen, so fand ich wiederum zwischen den Bewohnern des Nukahiwathales und den Typis einen großen Unterschied zu Gunsten der Letzteren. Beinahe jedes Mitglied dieses Stammes hätte ein Modell für einen Bildhauer abgegeben. Die Männer sind fast ohne Ausnahme hochgewachsen und messen kaum je weniger als sechs Fuß, während das andere Geschlecht ungewöhnlich klein ist, aber ebenfalls das vollkommenste Ebenmaß der Formen zeigt und durch die Anmuth der Gesichtszüge sich ganz besonders auszeichnet.

Merkwürdig war mir die Mannigfaltigkeit der Hautfarben im Typithale. An den Männern bemerkte ich sehr verschiedene Schattirungen von Braun, bei dem weiblichen Geschlechte aber herrschte ein helles Olivgrün vor. Andere Frauenspersonen waren dunkler grün, und manche schwärzlich braun; nicht wenige dagegen hatten eine klare Goldfarbe, und mehrere junge Mädchen sah ich sogar, deren Haut fast so weiß wie die einer Deutschen oder Engländerin war und nur einen leichten Anflug von Braun bemerken ließ. Diese hellen Schattirungen sind theils natürlich, theils die Wirkung des Saftes der Papawurzel, womit viele Frauenspersonen täglich ihren ganzen Leib einsalben. Diejenigen jungen Mädchen, welche dieß thun, setzen sich auch beinahe nie den Strahlen der Sonne aus, die sie leicht vermeiden können, da nur wenige der bewohnten Theile des Thales nicht von überhängenden Zweigen beschattet sind, so daß man von Haus zu Haus gehen kann, fast ohne je der Sonne halber vom geraden Wege abweichen zu müssen. Da aber der Papasaft, den sie mehrere Stunden lang auf der Haut lassen, hellgrün ist, so gibt er dieser mit der Zeit eine ähnliche Farbe. Mehr oder weniger haben übrigens alle Eingeborenen die Gewohnheit, sich einzusalben. Während das weibliche Geschlecht „Aker" oder „Papa" vorzieht, gebrauchen die Männer Kokosnußöl dazu. Dieser Gewohnheit in Verbindung mit dem häufigen Baden und der ausnehmenden Reinlichkeit der Eingeborenen ist großentheils die außerordentliche Reinheit und Glätte ihrer Haut zuzuschreiben.

Von dem Tättowiren, das in den Augen der Eingeborenen nicht blos eine Verzierung ist, sondern offenbar zugleich eine religiöse Bedeutung hat, ist auch das weibliche Geschlecht nicht ausgeschlossen. Doch wird es bei diesem in sehr beschränktem Maße angewendet, und bei den jungen Mädchen in noch beschränkterem, als bei den älteren Frauenspersonen. Bei einem der Mädchen in unserem Hause z. B. bestand die ganze Malerei in drei Punkten von der Größe eines Stecknadelkopfs an jeder Lippe, und in zwei etwa drei Zoll langen und einen halben Zoll von einander entfernten parallelen Linien hinten an den Schultern, nebst fein ausgeführten Figuren, welche den leeren Raum zwischen beiden ausfüllten.

Die Eingeborenen beiderlei Geschlechts waren gewöhnlich nicht anders bekleidet, als die zwei jungen Leute, welche uns bei unserer Ankunft im Thale zuerst begegneten. Wenn jedoch die Mädchen unseres Hauses ausgingen, um unter den Bäumen zu lustwandeln oder Bekannte zu besuchen, trugen sie eine Tunica von weißer Tappa, welche von dem Gürtel bis etwas unter die Kniee reichte, und wenn sie sich je einmal für längere Zeit der Sonne aussetzten, schützten sie sich gegen ihre Strahlen stets durch einen weiten Tappamantel, der mit einer Schleife an der linken Schulter befestigt war und in malerischen Falten ihre Person umfloß. Dabei liebten sie es sehr, sich mit Blumen zu schmücken. Besonders durfte bei festlichen Gelegenheiten ein Halsband von schönen weißen Blumen, ein Kranz auf dem Kopfe und in jedem Ohre eine nach vorne gerichtete Knospe nicht fehlen. Auch die Hand- und Fußknöchel verzierten sie sich häufig mit Blumen. Flora war ihr einziger, aber unerschöpflicher Juwelier.

Doch es ist nun Zeit, den Faden meiner Erzählung wieder aufzunehmen.

Elftes Kapitel.

Die Schreckensnacht.

Nachdem Mehewi, wie im vorletzten Kapitel erzählt wurde, das Haus verlassen hatte, begann Kory-Kory die Verrichtungen seines neuen Amtes. Er brachte uns verschiedene Speisen und bestand darauf, mir, als wäre ich ein Kind, dieselben einzugeben. Nachdem er mir einen Flaschenkürbis mit Koku vorgesetzt und seine Finger in einem Wassergefäße gewaschen hatte, steckte er die Hand in das Gericht, formte es zu kleinen Kugeln, und schob mir eine nach der andern in den Mund. Natürlich widersetzte ich mich anfangs; allein dieß veranlaßte ihn zu einem solchen Geschrei, daß ich mich endlich geduldig darein gab. Toby durfte allein essen.

Sobald die Mahlzeit vorüber war, legte mein Diener die Matten zur Nachtruhe zurecht, bat mich, niederzuliegen, und deckte mich mit einem großen Tappaüberwurfe zu, indem er mich beifällig anblickte und rief: „Viel, viel gegessen; ah! gut schlafen!"

Die Richtigkeit dieser Folgerung war ich keineswegs zu bestreiten geneigt, denn nachdem ich mehrere Nächte größtentheils durchwacht, und der Schmerz an meinem Beine nachgelassen hatte, hoffte ich selbst, einmal wieder recht ausschlafen zu können. Auch täuschte ich mich hierin nicht. Nach einer trefflichen Nachtruhe erwachte ich am andern Morgen merklich gestärkt und ging bereitwillig auf Kory—Kory's Vorschlag, ein Bad im Flusse zu nehmen, ein, obgleich ich fürchtete, der Gang dahin möchte mir an meinem leidenden Beine neue Schmerzen verursachen. Dieser Besorgniß wurde ich jedoch bald überhoben; denn als wir vor das Haus kamen, sprang Kory—Kory über das Pi—pi hinab, stellte sich mit vorgebeugtem Rücken daran und gab mir durch laute Ausrufungen und lebhafte Geberden zu verstehen, daß ich ihm auf den Rücken steigen solle. Unsere Erscheinung auf der Veranda hatte eine Menge Neugieriger, meistens Mädchen und Knaben, herbeigezogen, und als ich nun meine Arme um den Nacken des guten Kory—Kory schlang, und er mit mir davontrabte, folgten uns jene mit lautem Jubelgeschrei. Bald hatten wir den etwa zweihundert Ellen entfernten Fluß erreicht. Kory—Kory trug mich so weit hinein, bis ihm das Wasser an die Hüften ging; dann setzte er mich auf einen einige Zoll über das Wasser hervorragenden schwarzen Felsen, auf den ich meine Kleider niederlegen konnte, und das Bad, das ich nun hinter demselben nahm, war mir eine große Erquickung.

Nachmittags erhielten wir einen neuen Besuch von Mehewi, der eben so herzlich wie früher gegen uns war. Nachdem er sich etwa eine Stunde verweilt hatte, erhob er sich von den Matten und lud Toby und mich ein, mit ihm zu gehen. Ich deutete auf mein Bein, Mehewi aber deutete auf Kory—Kory. So stieg ich denn wieder auf den Rücken meines treuen Dieners und folgte, von Toby begleitet, dem Häuptlinge.

Die Beschaffenheit des Weges, den wir einschlugen, bewies mir deutlicher, als irgend etwas, das ich bisher gesehen hatte, die Indolenz der Eingeborenen. Es war der besuchteste im ganzen Thale, und mehrere andere führten von beiden Seiten her auf denselben. Dennoch war nicht das Geringste zu seiner Verbesserung geschehen; vielmehr ging er, wie es eben kam, über Felstrümmer und Baumstämme, abschüssige Anhöhen hinauf, tiefe Schluchten hinab, durch steinige Betten von Bächen und unter Bäumen hinweg, deren herabhängende Zweige dem Wanderer nur in gebückter Stellung vorüberzugehen erlaubten.

Als wir auf dieser Hauptstraße des Typithales eine Strecke zurückgelegt hatten, keuchte Kory—Kory so unter seiner Last, daß ich abstieg, und Mehewi's langen Spieß als Stütze gebrauchend zu Fuße weiter ging. Unser Marsch dauerte übrigens jetzt nicht mehr lange; denn nachdem wir eine einzeln stehende, steile Anhöhe erstiegen hatten, sahen wir uns plötzlich am Orte unserer Bestimmung. Hier waren die Tabuhaine, der Schauplatz mancher langen Festlichkeit, manches schrecklichen Gebrauches. Unter den tiefen Schatten der geweihten Brodfruchtbäume herrschte eine feierliche Dämmerung, ein kathedralartiges Halbdunkel. Da und dort erhoben sich, durch Massen überhängenden Blätterwerks halb verdeckt, die Götzenaltäre, aus ungeheuren polirten schwarzen Steinblöcken erbaut, zwölf bis fünfzehn Fuß hoch und überragt von einem rohen, offenen Tempel, der von einem niedrigen Rohrzaune umgeben war, innerhalb dessen man in verschiedenen Graden der Fäulniß Opfergaben von Brodfrüchten und Kokosnüssen und die verwesenden Ueberreste eines kürzlich dargebrachten blutigen Opfers sehen konnte.

In der Mitte des Gehölzes war der heilige Hulah—Hulahgrund, der für die phantastischen Religionsübungen der Thalbewohner bestimmt war. Er enthielt ein sehr großes Pi—pi in der Form eines länglichen Vierecks, das an jedem der zwei schmäleren Enden in einen hohen terrassenförmiger Altar auslief, der von Reihen häßlicher, hölzerner Götzenbilder bewacht wurde. Die zwei übrigen Seiten waren mit Reihen von Bambushütten, die sich gegen das Viereck hin öffneten, eingeschlossen. Um die Stämme riesiger Bäume, welche in der Mitte dieses Platzes standen und düstere Schatten auf denselben warfen, waren einige Fuß über dem Boden leichte, mit Rohr eingefriedigte Gerüste erbaut, welche eben so viele rohe Kanzeln bildeten, von denen aus die Priester zu ihren Andächtigen sprachen. Diesen heiligsten aller Oerter durfte bei Todesstrafe kein weibliches Wesen betreten, ja den Fuß nicht einmal auf den Boden setzen, auf den der Schatten von jenem herüberfiel.

Zu dem eben beschriebenen sorgfältig eingefriedigten Orte gelangte man durch einen von einem Laubdache überwölbten Eingang, vor welchem auf einem etwa hundert Ellen langen ebenen Platze ungeheure Kokosnußbäume in regelmäßigen Zwischenräumen standen. Auf der entgegengesetzten Seite dieses Platzes zeigte sich ein Gebäude von beträchtlicher Größe, welches die Wohnung der Priester und religiösen Pfleger der Haine war. Unweit davon stand ein anderer ansehnlicher Bau, wie gewöhnlich auf einem Pi—pi errichtet, wenigstens zweihundert

Fuß lang, aber nicht mehr als zwanzig breit. Die ganze Vorderseite dieses Gebäudes war völlig offen, nur daß von einem Ende zum andern eine schmale Veranda lief, welche durch eine am Rande des Pi—pi's angebrachte Rohrverzäunung gebildet wurde. Innen war der ganze Boden mit Matten bedeckt, welche zwischen parallelen Kokosnußbaumstämmen lagen, die aus den geradesten und ebenmäßigsten des ganzen Thales auserlesen waren. Zu diesem Gebäude, in der Landessprache das „Ti" genannt, führte uns nun Mehewi. Bisher waren wir von Schaaren Eingeborner beider Geschlechter begleitet worden; sobald wir aber in die Nähe des Hauses kamen, blieben die Frauenspersonen zurück, da auch das Betreten der nächsten Umgebung dieses Gebäudes wie das des Hulah—Hulahgrundes dem anderen Geschlechte bei Todesstrafe untersagt war.

Beim Eintritte in das Haus überraschte mich der Anblick von sechs an eine der Bambusseitenwände gelehnten Musketen, an deren Läufe je ein theilweise mit Pulver gefülltes Säckchen von Cannevaß hing. Neben diesen Musketen sah man eine große Mannigfaltigkeit von roh gearbeiteten Speeren, Wurfspießen und Kriegskeulen. „Dieß," sagte ich zu Toby, „muß die Waffenkammer des Stammes sein!"

Als wir uns mehr dem Hintergrunde des Gebäudes näherten, fielen unsere Blicke auf vier oder fünf häßliche uralte Männer, denen die Zeit und das Tättowiren allmälig fast alle Menschenähnlichkeit genommen hatte. In Folge der beständigen Fortsetzung des letzteren — das unter den Kriegern der Insel nur dann aufhört, wenn alle in der Jugendzeit ihren Gliedern eingeätzten Figuren sich verschmolzen haben, was aber erst im höchsten Alter geschieht — hatten die Leiber dieser Männer ein gleichmäßiges, schmutziges Grün bekommen; denn diese Farbe nehmen die tättowirten Stellen allmälig mit steigendem Alter an. Ihre Haut hing theilweise wie bei einem Rhinoceros in großen Falten an ihnen; ihre Köpfe waren gänzlich kahl, und ihre verwitterten Gesichter mit Runzeln bedeckt; von einem Barte war keine Spur mehr vorhanden. Diese verfallenen Gestalten schienen den Gebrauch ihrer unteren Gliedmaßen völlig verloren zu haben und saßen in einer Art Erstarrung mit geschränkten Beinen, an denen die Zehen weit auseinander standen, auf dem Boden. Sie beachteten uns nicht im Geringsten und schienen kaum unserer Anwesenheit sich bewußt zu sein, während Mehewi uns auf den Matten Platz nehmen hieß, und Kory—Kory uns unverständliche Worte murmelte.

Nach wenigen Augenblicken trat ein Knabe mit einem hölzernen Teller voll Poi—Poi ein, und um meinen Antheil daran zu erhalten, mußte ich mich wieder der dienstfertigen Dazwischenkunft meines unermüdlichen Kory—Kory unterwerfen. Allerlei andere Gerichte folgten, und der Häuptling lud uns nicht blos auf's dringendste zum Essen ein, sondern ging uns auch mit eigenem, lobenswerthem Beispiele voran. Nach beendigter Mahlzeit wurde eine Pfeife angezündet, welche von Munde zu Munde ging, und in Folge ihres einschläfernden Einflusses, sowie der Stille des Ortes und des einbrechenden Dunkels, schlummerten Toby und ich ein, nachdem Mehewi und Kory—Kory neben uns bereits in denselben Zustand versunken zu sein schienen.

Nach meiner Berechnung war es etwa Mitternacht, als ich wieder erwachte, und mich von meiner Matte halb aufrichtend sah ich, daß dichte Finsterniß uns umgab. Toby schlief noch an meiner Seite; aber unsere beiden Gefährten waren verschwunden. Die tiefe Stille, welche um uns her herrschte, wurde nur durch das schwere Athmen der unheimlichen Greise unterbrochen, die in kleiner Entfernung von uns saßen. Außer ihnen und uns war, so weit ich urtheilen konnte, Niemand im Hause. Nichts Gutes ahnend, weckte ich meinen Gefährten, und während wir über die unerwartete Entfernung der beiden Eingeborenen leise mit einander sprachen, stiegen plötzlich gerade vor uns aus dem Dunkel des Haines Flammen empor, beleuchteten grell die umstehenden Bäume und machten durch den Gegensatz die Finsterniß um uns her noch dichter. Bald darauf bewegten sich dunkle Gestalten vor den Flammen hin und her, während andere umher tanzend und springend wie eben so viele Dämone aussahen.

Bei dieser neuen Erscheinung von nicht geringer Bangigkeit erfüllt, sagte ich zu meinem Gefährten: „Was soll das bedeuten, Toby?“

„Oh, wahrscheinlich weiter nichts,“ erwiderte er, „als daß sie das Feuer zurecht machen.“

„Das Feuer!“ rief ich, während mein Herz wie ein Hammer zu klopfen begann. „Welches Feuer?“

„Nun, das Feuer, um uns darin zu braten! Wozu anders würden die Kannibalen einen solchen Spectakel machen?“

„Oh, Toby, laß Deine Scherze! es ist keine Zeit dazu. Uns steht etwas bevor, glaub' es mir!“

„Scherze!“ rief Toby unwillig. „Wer sagt denn, daß ich Scherze mache? Wozu meinst Du denn, daß sie uns in diesen drei Tagen so gefüttert haben? Denke an jenen Kory—Kory! hat er dich nicht mit seinem Mischmasch gestopft, gerade wie man es mit Federvieh macht, ehe man es abschlachtet? Verlaß dich darauf, wir werden in dieser glückseligen Nacht verspeist, und dies ist das Feuer, an dem wir gebraten werden!“

Diese Ansicht der Sache war keineswegs geeignet, meine Besorgnisse zu beschwichtigen, und ich schauderte, bei dem Gedanken, daß wir uns wirklich ganz in der Gewalt eines wilden Stammes befänden und das, was mein Gefährte vermuthete, keineswegs zu den Unmöglichkeiten gehörte.

„Da! habe ich es nicht gesagt? da kommen sie, um uns zu holen!“ rief Toby gleich darauf, und vier Insulaner, deren Gestalten sich gegen den hellen Hintergrund scharf abzeichneten, stiegen auf das Pi—pi und näherten sich uns. Sie kamen ganz geräuschlos und glitten verstohlen durch die Finsterniß, die uns umgab. Barmherziger Himmel! Kalter Schweiß stand auf meiner Stirne, und starr vor Schrecken erwartete ich mein Schicksal.

Plötzlich wurde die Stille durch die wohlbekannte Stimme Mehewi's unterbrochen, und der freundliche Ton, worin er auch jetzt sprach, verscheute auf einmal meine Furcht. „Tommo, Toby, ki—ki!" (essen!) sagte er. Er hatte uns nicht früher anreden wollen, bis er sich überzeugt hatte, daß wir wachten, worüber er etwas befremdet zu sein schien.

„Ki—ki! wirklich?" sagte Toby grimmig. „Ihr werdet uns aber doch wenigstens vorher braten? — Doch, was ist das?" setzte er hinzu, als ein anderer Wilder mit einem großen hölzernen Teller erschien, welcher, nach dem Geruche zu schließen, gebratenes Fleisch enthielt, und den er zu Mehewi's Füßen niedersetzte. „Wahrscheinlich ein gebratenes Kind! sei es aber, was es wolle, ich mag nichts davon. Ein rechter Narr müßte ich sein, wenn ich mich vollends mitten in der Nacht stopfen und mästen ließe, nur um einen fetten Braten für einen Haufen Wilder abzugeben! Nein, ihre Absicht ist sonnenklar; darum bin ich entschlossen, mich zu einem Bündel Haut und Knochen auszuhungern, — dann guten Appetit! Aber Tom, du wirst doch nicht im Dunkeln von diesem Ding da essen? Du kannst ja nicht wissen, was es ist!"

„Ich will es einmal versuchen," entgegnete ich, indem ich ein Stück kaute, das mir Kory—Kory eben in den Mund geschoben hatte. „Ich sage Dir, es ist vortrefflich und schmeckt fast wie Kalbfleisch."

„Ein gebratenes Kind ist es!" schrie Toby ganz außer sich. „Kalbfleisch! auf der ganzen Insel ist kein Kalb gewesen, ehe Du gelandet bist. Ich sage Dir, was Du schluckst, ist das Fleisch eines todten Happars!"

Ich wandte mich an Mehewi und gab ihm zu verstehen, daß ich

ein Licht zu haben wünschte. Als die Kerze kam, blickte ich begierig in das Gefäß und erkannte die verstümmelten Ueberreste eines jungen Schweines. „Puaki!" rief Kory—Kory, indem er das Gericht wohlgefällig ansah, und dieses in einem so kritischen Augenblicke ausgesprochene Wort, das in der Landessprache „Ferkel" bedeutet, blieb mir von da an unvergeßlich.

Nachdem wir am nächsten Morgen von dem gastfreundlichen Mehewi abermals überreichlich gespeist worden waren, standen Toby und ich auf, um uns zu entfernen. Aber der Häuptling sagte: „Abo, Abo!" (warten, warten!) und wir nahmen demzufolge unsere Sitze wieder ein, während er, unterstützt von dem eifrigen Kory—Kory einer Anzahl Eingeborener vor dem Hause Aufträge gab. Bald darauf winkte uns der Häuptling, vorwärts zu kommen, und wir sahen nun, daß er uns eine Art Ehrenwache bestellt hatte, die uns bei unserer Rückkehr nach Marheyo's Hause begleiten sollte. Voran schritten zwei ehrwürdig aussehende Greise, deren jeder einen Spieß trug, an dessen Spitze ein Fähnchen von milchweißer Tappa flatterte. Nach ihnen kamen mehrere Jünglinge mit Flaschenkürbissen voll Poi—Poi; auf diese folgten vier handfeste Männer mit langen Bambusrohren, an deren obern Enden, wenigstens zwanzig Fuß über dem Boden, große Körbe mit grüner Brodfrucht hingen. Dann kam eine Schaar Knaben, welche Büschel reifer Bananen und Körbe mit jungen Kokosnüssen trugen, von deren Schalen die äußere Hülse bereits abgestreift war. Den Zug beschloß ein dickleibiger Mann, der über seinem Kopfe einen hölzernen Teller hielt, worin sich, mit Blätter des Brodfruchtbaumes bedeckt, die Ueberbleibsel unserer mitternächtlichen Mahlzeit befanden. So erstaunt ich über diesen Aufzug war, konnte ich mich doch eines Lächelns über das groteske Aussehen und die vermuthliche Bestimmung desselben nicht erwehren. Mehewi schien der Speisekammer des alten Marheyo zu Hilfe kommen zu wollen, da er vielleicht besorgte, ohne diese

Vorsichtsmaßregel möchten seine Gäste nicht reichlich genug tractirt werden.

Sobald ich von dem Pi—pi auf den Rücken Kory—Kory's gestiegen war, nahm uns die Prozession in ihre Mitte. Als sich diese in Bewegung setzte, begannen die Eingeborenen ein musikalisches Recitativ, das sie mit allerlei Abwechselungen fortsetzten, bis wir den Ort unserer Bestimmung erreichten. Unterwegs schlossen sich Schaaren junger Mädchen an uns an und begleiteten uns mit lautem Jubelrufe, der die tiefen Töne des Recitativs fast übertäubte. Als wir am Hause Marheyo's ankamen, eilten die Bewohner desselben heraus, uns zu empfangen, und während Mehewi's Geschenke untergebracht wurden, machte der alte Krieger mit warmer Gastfreundlichkeit die Honneurs des Hauses.

Zwölftes Kapitel.

Toby's Abenteuer mit den Happars.

Unter diesen Scenen voll aufregender Neuheit floß uns eine Woche fast unmerklich hin. Die Eingeborenen behandelten uns mit der ehrerbietigsten Zuvorkommenheit und überhäuften uns mit Aufmerksamkeiten aller Art. Aus welchen Beweggründen sie dies thaten, war uns ein Räthsel, und waren dieselben auch lauter, so kannten wir doch die Unbeständigkeit der Wilden zu gut, als daß wir nicht trotz Allem dem gewünscht hätten, das Thal so bald als möglich zu verlassen. Wie sollte ich aber mit meinem halb gelähmten Beine dies bewerkstelligen? Die Kräuter, die man darauf legte, milderten zwar den Schmerz, besserten aber das Uebel selbst nicht; vielmehr wurde es immer schlimmer damit, und bange Besorgnisse erfüllten mich. Ich dachte an die Wundärzte der französischen Kriegsschiffe, die wahrscheinlich noch in der Bai von Nukahiwa vor Anker lagen, und machte in meiner Noth endlich Toby den Vorschlag, daß er nach Nukahiwa zu kommen suchen und, könnte er es nicht möglich machen, in einem französischen Boote mich abzuholen, mir wenigstens angemessene Arzneimittel zu Lande überbringen möchte.

Toby hörte mir schweigend zu und konnte sich anfangs mit meinem Gedanken durchaus nicht befreunden; denn es schien ihm sehr unwahrscheinlich, daß die Franzosen sich entschließen würden, ein bewaffnetes Boot in die Bai der Typis zu senden, da sie dadurch leicht Feindseligkeiten mit diesen herbeiführen konnten, was sie bisher auf's sorgfältigste vermieden hatten. „Und entschlössen sie sich je dazu," fügte mein Gefährte bei, „so würden sie dadurch nur eine allgemeine Bewegung im Thale veranlassen, der wir leicht zum Opfer fallen könnten." Zu Lande aber und allein zurückzukehren, war ihm ein höchst unangenehmer Gedanke, da er sobald als möglich und, ehe eine ungünstige Veränderung in dem Benehmen der Eingeborenen gegen uns einträte, für immer aus dem Thale fortzukommen wünschte. Weil er jedoch nicht daran denken konnte, mich in meinem hilflosen Zustande allein zurückzulassen, so sprach er mir Muth ein und sagte, es würde gewiß bald besser mit mir werden, und ich könnte vielleicht in einigen Tagen mit ihm nach Nukahiwa zurückkehren. Ich aber hielt ihm entgegen, wie unwahrscheinlich das Letztere sei, und ließ in der Hoffnung, daß er mir wenigstens Arzneimittel würde bringen können, mit meinen Bitten nicht nach, bis er endlich einwilligte, einen Versuch zu machen.

Sobald es uns gelang, den Eingeborenen unsere Absicht begreiflich zu machen, widersetzten sie sich derselben auf's heftigste, und ich verzweifelte fast daran, ihre Zustimmung zu erlangen. Der Gedanke, daß einer von uns sie verlassen sollte, schien ihnen unerträglich; besonders war die Trauer und Niedergeschlagenheit Kory—Kory's grenzenlos. Durch das lebhafteste Geberdenspiel suchte er uns nicht blos seinen Abscheu gegen Nukahiwa und seine uncivilisirten Einwohner, sondern auch sein Erstaunen darüber auszudrücken, daß, nachdem wir die erleuchteten Typis kennen gelernt hätten, einer von uns daran denken könnte, sich auch nur für einige Zeit ihrer angenehmen Gesellschaft zu berauben. Ich entkräftete jedoch ihre Einwendungen, indem ich auf mein leidendes Bein wies und ihnen zu verstehen gab, daß ich bald hergestellt sein würde, wenn sie meinem Freunde gestatteten, mir die nöthigen Heilmittel zu holen. So wurde denn beschlossen, daß Toby am nächsten Morgen abreisen und einer unserer Hausgenossen ihn begleiten sollte, um ihm einen guten Weg zu zeigen, auf dem er die Bai von Nukahiwa vor Sonnenuntergang erreichen könnte.

Sobald der Tag graute, wurde es in unserem Hause lebendig. Einer der jungen Leute stieg auf einen nahen Kokosnußbaum und warf eine Anzahl junger Früchte herab, welche der alte Marheyo, nachdem er ihnen rasch die grünen Hülsen abgestreift hatte, an eine kurze Stange band. Sie sollten Toby unterwegs zur Erfrischung dienen. Als die Reisevorbereitungen vollendet waren, sagte ich meinem Kameraden mit nicht geringer Bewegung Lebewohl. Er versprach, längstens in drei Tagen zurückzukehren, ermahnte mich, in der Zwischenzeit gutes Muthes zu sein, bog mit Marheyo um die Ecke des Pi—pi's und war mir bald aus dem Gesichte verschwunden. Seine Abreise machte mich ganz schwermüthig, und in das Haus zurückkehrend warf ich mich fast in Verzweiflung auf die Matten nieder. Nach zwei Stunden kam der alte Krieger zurück und gab mir zu verstehen, daß, nachdem er meinen Freund eine Strecke weit begleitet und ihm den Weg gezeigt habe, derselbe allein weiter gegangen sei.

An dem nämlichen Tage um die Mittagszeit, welche die Eingeborenen zu verschlafen pflegen, lag ich im Hause, von den schlummernden Bewohnern desselben umgeben. Plötzlich war es mir, als dränge aus dem entfernteren Theile des Gehölzes, das vor unserem Hause sich ausbreitete, ein mehrstimmiges Geschrei in meine Ohren. Es kam näher und näher, und bald erscholl das ganze Thal von lautem Rufen. Die Schläfer an meiner Seite sprangen auf und eilten hinaus, um die Ursache dieser Bewegung zu erfahren. Kory—Kory, der dabei der Erste gewesen war, kam bald in höchster Aufregung und fast athemlos zurück. Alles, was ich von seinen Reden und Geberden verstehen konnte, war, daß Toby ein Unglück begegnet sei. Erschrocken stürzte ich zum Hause hinaus, und erblickte eine lärmende Menschenmenge, welche unter Schreien und Wehklagen eben aus dem Gehölze hervorkam. Die Mädchen streckten ihre Arme in die Höhe, und als sie näher kamen, hörte ich sie rufen: „Wehe, wehe! Toby ist todt!“

Jetzt theilte sich die Menge und machte zwei Männern Platz, welche die anscheinend leblose Gestalt meines Gefährten trugen. Das Gesicht, der Hals und die Brust desselben waren ganz mit Blut bedeckt, das noch von einer Wunde hinter einem seiner Schläfe langsam herabtröpfelte. Unter dem Nachdringen der wehklagenden Menge wurde er in das Haus getragen und auf die Matten niedergelegt. Die Eingeborenen abwehrend, beugte ich mich angstvoll über ihn, legte ihm die Hand auf die Brust und überzeugte mich, daß sein Herz noch schlug. Hoch erfreut ergriff ich einen Flaschenkürbis mit Wasser und goß ihm dieses auf das Gesicht; dann wischte ich ihm das Blut ab und untersuchte die Wunde. Diese war gegen drei Zoll lang, und als ich die zusammengepichten Haare bei Seite gestrichen hatte, zeigte sich der Schädel ganz bloß gelegt. Sogleich schnitt ich die schweren Locken mit meinem Taschenmesser weg und übergoß die wunde Stelle wiederholt mit Wasser.

Nach wenigen Augenblicken schlug Toby die Augen auf, schloß sie aber, ohne zu sprechen, gleich wieder. Kory—Kory, der neben mir kniete, rieb ihm nun mit den flachen Händen sanft die Glieder, während ein junges Mädchen zu seinen Häupten ihm Luft zufächelte, und ich ihm Stirne und Lippen benetzte. Bald gab mein Freund neue Lebenszeichen von sich und es gelang mir, ihm aus einer Kokosnußschale einige Mundvoll Wasser beizubringen.

Nun erschien die alte Tinor mit Heilkräutern, die sie gesammelt hatte und bat mich durch Zeichen, den Saft derselben in die Wunde auszupressen. Als ich dies gethan hatte, hielt ich es für das Beste Toby in Ruhe zu lassen. Mehrere Male öffnete er die Lippen; aber ich bat ihn dringend, sich für jetzt noch des Sprechens zu enthalten. Nach zwei oder drei Stunden jedoch setzte er sich auf und hatte sich so weit erholt, daß er mir mittheilen konnte, was ihm begegnet war.

„Nachdem ich das Haus mit Marheyo verlassen hatte,“ erzählte er, „schlugen wir uns quer durch das Thal und erstiegen die gegenüberliegenden Höhen. Gerade jenseits derselben, sagte mir mein Führer, liege das Thal der Happars, und ihrem Gipfel entlang am obern Ende des Thales vorüber führe der Weg nach Nukahiwa. Nachdem wir eine kleine Strecke weit bergan gestiegen waren, blieb mein Führer stehen und bedeutete mir durch allerlei Zeichen, daß er es nicht wagen könne, sich dem Gebiete der Feinde seines Stammes weiter zu nähern. Doch zeigte er mir noch einmal die von mir einzuschlagende Richtung, über die ich nun nicht mehr im Zweifel sein konnte; dann sagte er mir Lebewohl und stieg eilig wieder den Berg hinab.

„Höchlich erfreut, den Happars so nahe zu sein, stürmte ich die Höhe hinan und erreichte bald ihren Gipfel. Sie lief in einen schmalen Bergkamm aus, von dem ich beide feindliche Thäler sah. Dort setzte ich mich nieder und erfrischte mich mit meinen Kokosnüssen. Dann ging ich dem Bergkamme entlang weiter, als ich plötzlich drei Insulaner sah, welche eben erst aus dem Happarthale heraufgekommen sein mußten und gerade vor mir standen. Jeder von ihnen war mit einem schweren Spieße bewaffnet, und einer sah wie ein Häuptling aus. Sie sangen etwas, das ich nicht verstehen konnte und winkten mir, vorwärts zu kommen. Ohne das geringste Bedenken schritt ich auf sie zu und war dem Vordersten auf zwei Ellen nahe gekommen, als dieser, zornig auf das Typithal deutend und einige mir unverständliche Worte ausstoßend, seinen Spieß blitzschnell um den Kopf schwang und mich damit zu Boden streckte. Der Stoß verursachte mir diese Wunde und beraubte mich der Besinnung.

„Sobald ich wieder zu mir kam, sah ich die drei Wilden offenbar in einem heftigen Wortwechsel wegen meiner begriffen, in kleiner Entfernung von mir stehen. Mein erster Gedanke war, zu fliehen; als ich mich aber erheben wollte, sank ich wieder zurück und rollte einen kleinen, grasigen Abhang hinab. Diese Erschütterung schien meine Lebensgeister wieder erweckt zu haben, so daß ich aufstehen und den Pfad, den ich eben erstiegen hatte, wieder hinabeilen konnte. Ich hatte nicht nöthig, rückwärts zu blicken, da das Geschrei, das ich hinter mir hörte, mir deutlich genug verrieth, daß meine Feinde mich eifrig verfolgten. Durch ihr furchtbares Geheul gespornt und meiner Wunde nicht achtend, obgleich mir das Blut in die Augen floß und mich fast blendete, flog ich mit Windesschnelle den Berg hinab. In Kurzem hatte ich fast ein Drittheil der Höhe hinter mir, und das Geschrei der Wilden war verstummt, als plötzlich ein entsetzliches Geheul an meine Ohren schlug, und in demselben Augenblick ein Spieß an mir vorbei und in einen Baum dicht neben mir fuhr. Das Geheul wiederholte sich, und ein zweiter und dritter Spieß sausten wenige Fuß von mir durch die Luft und fuhren in schräger Richtung quer vor mir in den Boden. Die Gesellen brüllten vor Wuth über das Verfehlen ihres Zieles, fürchteten sich aber wahrscheinlich, sich dem Typithale noch mehr zu nähern, und gaben ihre Verfolgung auf. Ich sah sie ihre Spieße holen und dann umkehren; ich selbst aber eilte vollends, so schnell ich konnte, den Berg hinab. Ihren wüthenden Angriff kann ich mir nur daraus erklären, daß sie mich mit Marheyo den Berg ersteigen sahen, oder daß sogar schon mein bloßes Kommen aus dem Typithale mich ihnen als einen Feind erscheinen ließ.

„So lange ich in Gefahr war, fühlte ich kaum meine Wunde; erst als die Wilden ihre Verfolgung eingestellt hatten, wurde sie mir recht empfindlich. Dazu kam, daß ich meinen Hut auf der Flucht verloren hatte, und nun die Sonne mir auf den bloßen Kopf brannte. Es schwindelte mir, und ich fühlte mich einer Ohnmacht nahe; aber aus Besorgniß, an einem Orte umzusinken, wo ich noch keine Hilfe erwarten konnte, wankte ich vorwärts, so gut ich konnte, und erreichte endlich das Thal. Hier sank ich zu Boden und wußte nichts mehr von mir, bis ich mich wieder auf diesen Matten befand, und Du mit dem Flaschenkürbiß voll Wasser Dich über mich beugtest.“

Nachher erfuhr ich, daß Toby glücklicherweise an einem Orte niedergesunken war, wo die Eingeborenen Brennholz zu holen pflegten. Einige derselben hatten ihn zu Boden fallen sehen, ihn, indem sie ein Alarmzeichen gaben, aufgehoben und nach einem vergeblichen Versuche, ihn an einem Bache wieder zu sich zu bringen, in's Haus getragen.

Dieser traurige Vorfall deckte eine finstere Wolke über unsere Aussichten. Er erinnerte uns, daß wir von feindlichen Stämmen eingeschlossen waren, an deren Gebieten wir auf unserem Wege nach Nukahiwa nicht ungefährdet vorbeizukommen hoffen durften. Kein anderer Ausweg blieb uns offen, als das Meer, welches das untere Ende des Thales bespülte. Unsere Typifreunde benützten übrigens Toby's Unfall, uns zu gehöriger Würdigung des Guten, das wir bei ihnen genössen, zu ermahnen, indem sie die Gastfreundlichkeit, womit sie uns aufgenommen hatten, dem feindseligen Benehmen ihrer Nachbarn gegenüberstellten. Auch verweilten sie mit Nachdruck bei den kannibalischen Neigungen der Happars, einem Gegenstande, der, wie sie wohl wußten, seinen Eindruck auf uns nicht verfehlen konnte; sich selbst aber sprachen sie gänzlich von dergleichen frei. Ferner machten sie uns auf die natürliche Schönheit ihrer Heimath und deren Ueberfluß an köstlichen Früchten aufmerksam, indem sie ihr Thal in dieser Beziehung über alle benachbarten erhoben.

Kory—Kory insbesondere wünschte so dringend, uns die rechte Ansicht hierüber beizubringen, daß es ihm, da wir nun doch auch schon ein wenig von der Landessprache verstanden, wirklich gelang, uns einen ziemlichen Theil dessen, was er sagte, begreiflich zu machen. Um uns das Verständniß zu erleichtern, faßte er seine Gedanken zuerst in so wenig Worte als möglich zusammen. „Die Happars abscheuliche Leute — fressen viele, viele Menschen — ah! schrecklich!" rief er. Diese Worte erläuterte er noch durch ein lebhaftes Geberdenspiel, indem er vor das Haus hinausrannte und mit einer Miene voll Abscheu nach dem Happarthale deutete, dann wieder hereinkam und den fleischigen Theil meines Armes zwischen die Zähne nahm, um uns zu bedeuten, daß die Leute, die dort wohnten, nichts mehr wünschten, als uns aufzuessen.

Nachdem er sich vergewissert hatte, daß wir über diesen Punkt nun gehörig im Klaren wären, ging er zu einem anderen Gegenstande über. „Ah!" rief er, „Typi es gut haben! — viel, viel Brodfrucht — viel Wasser — viel, viel Poi—poi — viel, viel Koku — ah! viel, viel essen — ah! viel, viel, viel!" Alles dieses begleitete er mit einem fortlaufenden Commentare von Zeichen und Geberden, welche unmöglich mißverstanden werden konnten.

Im ferneren Verlaufe seines Vortrages ließ sich jedoch Kory—Kory, feineren Rednern nacheifernd, weitläufiger über sein Thema aus und ergoß sich in einen so betäubenden, uns völlig unverständlichen Redestrom, daß ich für den ganzen Abend Kopfweh davon bekam.

Dreizehntes Kapitel.

Toby's Verschwinden.

Nach wenigen Tagen hatte sich Toby von den Folgen seines Abenteuers mit den Happarkriegern so ziemlich erholt, da seine Kopfwunde unter dem wohlthätigen Einflusse der von der guten Tinor empfohlenen Kräuter ungemein schnell heilte. Mein Uebel dagegen wollte sich nicht bessern, und abgeschnitten von jeder umsichtigen Hilfe entsagte ich allmälig aller Hoffnung auf Genesung und gab mich den schwermüthigsten Gedanken hin. Als ich nun eines Morgens, in düsteres Sinnen versunken, auf den Matten im Hause lag, kehrte Toby, der mich ungefähr eine Stunde vorher verlassen hatte, eilends zurück und sagte in freudigster Bewegung zu mir, ich solle gutes Muthes sein, denn aus dem, was unter den Eingeborenen vorgehe, müsse er schließen, daß Boote sich der Bai nähern.

Diese Nachricht wirkte wie ein Zauber auf mich; war doch vielleicht der Tag unserer Befreiung angebrochen. Ich schleppte mich, so schnell ich konnte, vor das Haus und überzeugte mich dort bald selbst, daß etwas Ungewöhnliches vorging. Das Wort „Boti“ erscholl von allen Seiten, von der Seeseite her ließen sich aus der Ferne Ausrufungen hören, die anfangs schwach und undeutlich klangen, aber bei jeder Wiederholung näher kamen und lauter wurden, bis sie von einem Insulaner, der auf einem nur wenige Ellen von uns entfernten Kokosnußbaume saß, aufgefaßt und mit lauter Stimme weiter befördert wurden. Hierauf wurden sie in einem nahen Gehölze weiter thalaufwärts wiederholt, und so ging es von einem Ort zum andern fort, bis sie allmälig in der Ferne erstarben. Dieß war der Stimmentelegraph der Insulaner, mittelst dessen kurze Nachrichten in wenigen

Minuten von der See bis zur entferntesten Wohnung, eine fast vier Stunden lange Strecke weit, verbreitet werden konnten. Jetzt war er in voller Arbeit, und mit erstaunlicher Schnelligkeit folgte eine Botschaft der anderen.

Rings um uns her herrschte unter den Eingeborenen die größte Bewegung. Bei jeder neuen Nachricht zeigten sie das lebhafteste Interesse und verdoppelten ihren Eifer im Sammeln von Früchten, die sie an die erwarteten Fremdlinge verkaufen wollten. Einige streiften Kokosnüssen die grünen Hülsen ab; Andere warfen, auf Brodfruchtbäumen sitzend, die Früchte ihren unten stehenden Gefährten zu, welche sie auflasen und zusammentrugen, während wieder Andere eilig Körbe aus Blättern flochten, um die Früchte darin fortzuschaffen. Da sah man einen stämmigen Krieger mit einem alten Tappalappen seinen Spieß putzen oder die Falten an seinem Gürtel ordnen, dort ein junges Mädchen sich mit Blumen schmücken, während Manche, wie es bei ähnlichen Gelegenheiten in der ganzen Welt geschieht, mit größter Eilfertigkeit hin und her rannten, ohne etwas Anderes zu erreichen, als daß sie die Uebrigen hinderten.

Noch nie hatten wir die Insulaner in einer solchen Aufregung und Geschäftigkeit gesehen, was deutlich auf die oben angeführte Thatsache hinwies, daß nur höchst selten europäische Boote ihrer Bai sich nähern. Dachte ich an die lange Zeit, die vergehen könnte, ehe sich uns wieder eine solche Gelegenheit zum Entkommen böte, so mußte ich es bitter beklagen, daß ich die jetzt vorhandene wegen meines Fußleidens nicht nach Wunsch benützen konnte. Zwar bat ich Kory-Kory, mich an die Küste zu tragen, aber er verweigerte mir nicht blos dieses, sondern wollte es auch nicht leiden, daß wir uns aus der Umgebung des Hauses entfernten. Er schien bei dieser Gelegenheit sowie bei vielen späteren die Befehle eines Andern hinsichtlich meiner auszuführen, ließ jedoch dabei in den Beweisen seiner herzlichen Ergebenheit gegen mich nie nach. Auch die übrigen Eingeborenen waren unseren Wünschen entgegen, und meine dringenden Bitten schienen sie mit Betrübniß und Erstaunen zu erfüllen.

Toby, der nichtsdestoweniger entschlossen war, die Insulaner, so bald sie marschfertig wären, wenn irgend möglich zu begleiten, und sich daher klüglich enthalten hatte, ein so sehnliches Verlangen wie ich zu zeigen, stellte mir nun vor, daß es eine eitle Hoffnung von mir wäre, die Küste zeitig genug zu erreichen, um eine sich etwa darbietende Gelegenheit zum Entkommen noch benützen zu können. „Siehst Du nicht," sagte er, „daß die Wilden selbst besorgen, zu spät zu kommen? Ich würde mich daher ohne Zeitverlust auf den Weg machen, fürchtete ich nicht, daß ich, wenn ich zu viel Begierde darnach zeigte, alle unsere Hoffnungen, aus diesem glücklichen Ereignisse Nutzen zu ziehen, vereiteln könnte. Bemühe Dich nur, ruhig zu sein, so wirst Du ihren Verdacht beschwichtigen, und ich zweifle dann nicht, daß sie mich mit sich an die Küste gehen lassen, in der Meinung, ich begleite sie nur aus Neugierde. Sollte es mir gelingen, bis zu den Booten zu kommen, so mache ich dort die Lage, in der ich Dich zurückgelassen habe, bekannt, und Maßregeln können dann ergriffen werden, um unser Entkommen zu sichern."

Dagegen ließ sich nichts einwenden, und als nun die Eingeborenen ihre Vorbereitungen beendigt hatten, wartete ich äußerlich ruhig, aber in der größten Spannung, ob Toby seinen Zweck bei ihnen erreichen würde. So bald sie merkten, daß ich zurückbleiben wolle, machten sie keine Einwendung gegen seinen Vorschlag und nahmen ihn sogar mit lautem Freudengeschrei auf, was mich nicht wenig befremdete.

Die Eingeborenen eilten jetzt dem Pfade entlang, der zur See führte. Ich schüttelte Toby warm die Hand und gab ihm zum Schutze seines verwundeten Kopfes gegen die Sonne meinen Paytahut, da er den seinigen verloren hatte. Herzlich erwiederte er den Druck meiner

Hand, und nachdem er mir feierlich versprochen hatte, so bald die Boote die Küste verlassen würden, zu mir zurückzukehren, sprang er von mir weg und verschwand in der nächsten Minute in einer Wendung des durch ein Gehölz führenden Weges.

So traurig auch die Stimmung war, in der ich mich befand, erregte doch die belebte Scene, die sich mir jetzt darbot, meine Aufmerksamkeit. In einer dichten Reihe bedeckten die Eingeborenen, mit allerlei Handelsartikeln beladen, einer hinter dem andern gehend, den schmalen Pfad. Da sah man einen, der, nachdem er ein Schwein vergebens an einem Stricke vorwärts zu bringen gesucht hatte, endlich das störrische Thier in den Armen trug, obgleich es unter fortwährendem Quieksen gegen seine nackte Brust stieß. Dort gingen zwei, die man in einiger Entfernung für Mosis Kundschafter mit der großen Traube hätte halten können. Einer trottete einige Ellen weit vor dem andern her, während sie zwischen einander an einer auf ihren Schultern ruhenden Stange ein beständig hin- und herschwankendes ungeheures Büschel Bananen trugen. Dort wieder rannte einer mit einer Anzahl Kokosnüsse den Pfad entlang, ohne daß er in seiner Besorgniß, zu spät zu kommen, sich Zeit nahm, die Früchte, die ihm aus dem Korbe fielen, wieder aufzuheben. In Kurzem verschwand auch der letzte Nachzügler im Gehölze, und das Rufen und Schreien der Vorderen erstarb allmälig in der Ferne. Unser Theil des Thales war jetzt von seinen Bewohnern fast ganz verlassen; nur Kory-Kory, sein Vater und einige altersschwache Leute blieben zurück.

Gegen Sonnenuntergang kehrten die Insulaner in kleinen Trupps von der Küste zurück, und als sie sich unserem Hause näherten, suchte ich unter ihnen die Gestalt meines Gefährten zu unterscheiden; aber einer nach dem andern ging vorüber, ohne daß ich ihn sah. In der Hoffnung jedoch, daß er mit unseren Hausgenossen zurückkehren werde, beruhigte ich mich und wartete geduldig auf seine Ankunft. Endlich sah ich die alte Tinor kommen, gefolgt von den jungen Männern und Mädchen, welche in Marheyo's Hause wohnten; aber Toby war nicht bei ihnen, und von den bängsten Besorgnissen erfüllt, suchte ich die Ursache seines Ausbleibens zu erforschen. Mein dringendes Fragen nach ihm setzte die Eingeborenen in große Verlegenheit. Ihre Angaben widersprachen sich, indem einer mir zu verstehen gab, Toby würde in sehr kurzer Zeit bei mir sein, ein anderer erklärte, er wisse nichts von ihm, und ein dritter unter heftigen Ausfällen gegen ihn mir versicherte, daß er sich davon gestohlen habe und nicht mehr zurückkehren werde. Es kam mir vor, als wollten sie durch diese Angaben mir ein schreckliches Unglück verbergen, damit nicht die Kenntniß davon mich gänzlich überwältigen möchte.

Nun befand sich unter den jungen Mädchen im Hause eines, Namens Fayaway, dessen edle Gesichtszüge einen besonderen Ausdruck von Verstand, Gefühl und Sanftmuth hatten. Unter allen Eingeborenen schien sie allein zu begreifen, wie es uns, getrennt von unserer Heimath und unseren Freunden, zu Muthe sein müsse, und besonders zeigte sie die innigste Theilnahme für meinen leidenden Zustand. Wenn sie in's Haus trat, verrieth ihr ganzes Wesen das herzlichste Mitgefühl: sogleich näherte sie sich dem Orte, wo ich lag, und mit einer Geberde des Mitleids einen Arm leicht erhebend und mit ihren großen, leuchtenden Augen mich anblickend murmelte sie in klagendem Tone: „Oh weh', oh weh', Tommo!" und setzte sich traurig neben mich. An dieses Mädchen, in dessen Aufrichtigkeit und Verstand ich alles Vertrauen setzte, wandte ich mich jetzt in meiner Bestürzung, um zu erfahren, was für eine Bewandtniß es mit Toby habe. Meine Frage machte sie offenbar traurig und verlegen. Sie blickte von einem der Umstehenden auf den andern, wie wenn sie nicht wüßte, was sie mir antworten sollte. Als ich aber mit meinen Fragen und Bitten immer dringender wurde, überwand sie endlich ihre Bedenklichkeiten und gab mir zu verstehen, daß Toby sich entfernt, aber versprochen habe, nach drei Tagen wieder zu kommen. Anfangs beschuldigte ich ihn, mich treulos verlassen zu haben; als ich aber ruhiger wurde, machte ich mir Vorwürfe darüber, daß ich ihm eine so niedrige Handlungsweise zutrauen könne, und tröstete mich mit dem Gedanken, daß er wohl die Gelegenheit benützt habe, nach Nukahiwa zu kommen, um von dort aus auf meine Befreiung hinzuwirken. Jedenfalls, dachte ich, wird er mit den mir nöthigen Arzneimitteln zurückkehren, und wenn ich dann genesen bin, so werden wir schon ein Mittel zum Entkommen ausfindig machen. Durch solche Gedanken mich beruhigend, legte ich mich diese Nacht getroster als seit langer Zeit zum Schlafe nieder.

Der nächste Tag verging ohne irgend eine Anspielung auf Toby's Verschwinden von Seite der Eingeborenen, welche diesen Gegenstand absichtlich zu vermeiden schienen. Dieß erregte einigen Verdacht bei mir; als aber die Nacht kam, wünschte ich mir Glück, daß nun schon der zweite Tag vorüber wäre, und am morgenden Toby wieder bei mir sein würde. Allein der nächste Tag kam und ging, ohne daß Toby erschien. Ah! dachte ich, er rechnet drei Tage von der Stunde seiner Abfahrt an, also wird er morgen kommen. Doch auch der folgende Tag schlich dahin, ohne ihn zurückzubringen. Auch jetzt zweifelte ich noch nicht: ich dachte, er sei wohl aufgehalten worden, er warte in Nukahiwa auf die Abfahrt eines Bootes, und spätestens in einem oder zwei Tagen werde er schon kommen. Aber vergebens harrte ich Tag um Tag, bis endlich jede Hoffnung, ihn wiederzusehen, mich verließ, und ich mich trostloser Verzweiflung hingab. Ja, dachte ich, er war nur auf sein eigenes Entkommen bedacht und kümmert sich nicht darum, was aus seinem unglücklichen Kameraden werden soll. Thor, der ich war, daß ich mir einbildete, Jemand werde sich den Gefahren dieses Thales wieder aussetzen, wenn er einmal glücklich über dasselbe hinaus ist! Manchmal aber hielt ich es auch für möglich, daß Toby in einem anderen Theile des Thales gefangen gehalten würde, oder daß gar die Wilden ein kannibalisches Gelüste an ihm befriedigt hätten. In einem dieser beiden Fälle erklärte sich leicht die Verlegenheit, in die sie meine Fragen nach ihm brachten, und der anfängliche Widerspruch zwischen ihren Antworten. Zu anderen Zeiten wieder machte ich mir selbst die bittersten Vorwürfe, daß ich mir durch meine eigene Unklugheit das schreckliche Loos bereitet habe, das, wie ich nicht zweifelte, mir bevorstand, und vielleicht meinen Gefährten schon ereilt hatte.

Das Benehmen der Insulaner war mir räthselhaft. Auch jetzt noch wurde von ihnen jede Beziehung auf meinen verlorenen Gefährten sorgfältig vermieden, und wenn ich sie durch meine häufigen Fragen nach ihm zu einer Aeußerung veranlaßte, so erklärten sie ihn nun einstimmig für einen undankbaren Ausreißer, der seinen Freund verlassen und sich nach dem abscheulichen Nukahiwa begeben habe. Gegen mich aber verdoppelten sie seit Toby's Entfernung ihre Aufmerksamkeit und behandelten mich mit einer Ehrerbietung, die, wäre ich mehr als ein Mensch gewesen, kaum hätte größer sein können. Kory-Kory wich keinen Augenblick von meiner Seite, außer um meine Wünsche zu erfüllen. Zweimal des Tages, in der Morgen- und Abendkühle, ließ es sich der treue Bursche nicht nehmen, mich nach dem Flusse zu tragen und in dessen erfrischenden Gewässern mich zu baden. War ich nach dem Abendbade wieder nach Hause gekommen, so wurde mir regelmäßig mein ganzer Leib mit einem wohlriechenden Oele eingesalbt, das aus einer in der Landessprache „Aka“ genannten gelben Wurzel gepreßt wird. Manchmal führte mich auch der gute Kory-Kory in der Abendkühle auf das Pi-pi vor dem Hause, und nachdem ich mich daselbst niedergesetzt hatte, schlang er mir zum Schutze gegen die Insecten, welche manchmal um uns her flogen, einen großen

Tappaüberwurf um den Leib. Hatte er es mir dann recht bequem gemacht, so zündete er meine Pfeife an, reichte sie mir und setzte sich neben mich.

Auch meinem Gaumen die gehörige Ehre zu erweisen, waren meine Hausgenossen auf's eifrigste bedacht. Fortwährend luden sie mich zum Essen ein, und wenn ich, nachdem ich meinen Appetit nach Herzenslust gestillt hatte, die ferneren mir angebotenen Gerichte zurückwies, so schienen sie zu glauben, meine Eßlust bedürfe, um den gehörigen Grad zu erreichen, eines stärkeren Reizmittels. Da eilte dann manchmal der alte Marheyo selbst mit Tagesanbruch nach der Meeresküste, um allerlei seltene Seepflanzen zu sammeln, von denen einige Arten bei den Eingeborenen für einen großen Leckerbissen gelten. Nachdem er damit den ganzen Tag zugebracht hatte, kehrte er bei Einbruch der Nacht mit mehreren Kokosnußschaalen voll solcher Pflanzen zurück. Bei der Zubereitung derselben gab er sich dann das volle Ansehen eines ausgelernten Kochs, obgleich das Hauptgeheimniß dabei in nichts Anderem bestand, als ein entsprechendes Maß Wasser auf den schleimigen Inhalt seiner Kokosnußschaalen zu gießen. Als er mir zum ersten Male einen dieser Meersalate vorsetzte, meinte ich natürlich, etwas mit so vieler Mühe Gesammeltes müsse ganz besondere Vorzüge besitzen; aber ein Mundvoll war meinem damals desselben noch ganz ungewohnten Gaumen mehr als genug, und groß war die Bestürzung des alten Kriegers über die Eilfertigkeit, womit ich seinen Leckerbissen ausspuckte. So wahr ist es, daß die Seltenheit eines Gegenstandes ihm in den Augen der Menschen oft einen sonst unbegreiflichen Werth verleiht.

Doch alle Freundlichkeit und Aufmerksamkeit, welche die Bewohner des Thales überhaupt und insbesondere meine Hausgenossen mir erwiesen, vermochte mich nur auf Augenblicke meiner Schwermuth zu entreißen. Nicht blos schlug mich die Ungewißheit über Toby's

Schicksal und der Gedanke, eigentlich doch nichts Anderes als ein Gefangener zu sein, nieder, sondern am traurigsten machte mich das räthselhafte Uebel an meinem Beine. Alle Heilkräuter der guten Tinor in Verbindung mit der Behandlung des alten Arztes und der liebevollen Pflege des treuen Kory=Kory blieben ohne die gewünschte Wirkung; vielmehr wurde das Uebel immer bedenklicher. Ich war beinahe ein Krüppel und litt manchmal die heftigsten Schmerzen. Diese Sorgen und Leiden führten mich aber zu etwas zurück, das ich schon seit längerer Zeit fast gänzlich versäumt hatte, — sie lehrten mich wieder beten, und im Umgange mit dem allgütigen Wesen, dessen Vaterauge auch auf dieser entlegenen Insel über mir wachte, fand ich allmälig großen Trost. Auch hoffe ich, daß dieser Segen, den meine damalige Trübsal mir brachte, mich mein ganzes Leben hindurch begleiten werde: gibt es doch im Leiden nichts Erquickenderes, als auf Gott zu vertrauen, und in Zeiten des Wohlergehens nichts Köstlicheres, als Ihm zu danken und zu lobsingen Seinem heiligen Namen.

Vierzehntes Kapitel.

Ein Fremder erscheint im Thale.

Woche um Woche verstrich, und das Benehmen der Eingeborenen gegen mich blieb sich gleich. Allmälig verlor ich alle Kenntniß der Wochentage; immer mehr entrückte sich mir die Welt, in der ich früher gelebt hatte, und ruhig ergab ich mich in den Gedanken, vielleicht in nicht ferner Zeit auf dieser Insel zu sterben. Da heilte mein Bein plötzlich, die Geschwulst verlor sich, die Schmerzen ließen nach, und ich hatte allen Grund zu der Hoffnung, von diesem Uebel, das mich so lange gepeinigt hatte, bald völlig zu genesen. So bald ich nun im Stande war, in dem reizenden Thale umherzuwandern, wobei stets Schaaren fröhlicher Eingeborener mich begleiteten, erfüllte neuer Lebensmuth meine Brust. Im Vertrauen auf Gott, der mir so weit geholfen hatte, suchte ich mir alle beunruhigenden Gedanken an das, was die Zukunft bringen könnte, aus dem Sinne zu schlagen und mich des Guten, das die freundliche Gegenwart mir bot, zu erfreuen.

Als ich um diese Zeit eines Nachmittags im Hause lag, hörte ich von draußen her einen großen Lärm. Da ich aber des lauten Rufens, das fast beständig durch das Thal scholl, jetzt schon ziemlich gewohnt war, gab ich wenig darauf Acht, bis der alte Marheyo in großer Aufregung zu mir hereinstürzte und rief: „Marnu kommt!“ Mein würdiger alter Freund erwartete offenbar, daß diese Nachricht einen nicht geringen Eindruck auf mich machen würde; als ich aber völlig ruhig dabei blieb, eilte der alte Herr eben so rasch, als er gekommen war, wieder davon. Der Lärm kam immer näher, und „Marnu! Marnu!“ war der allgemeine Ruf. Marnu? dachte ich; diesen Namen habe ich noch nie gehört. Wahrscheinlich ist es ein angesehener Häuptling, der noch nicht bei mir vorgesprochen hat und mir nun seinen Besuch machen will. Und so eitel war ich durch die mir bisher erwiesene verschwenderische Aufmerksamkeit geworden, daß ich mich halb geneigt fühlte, diesen Marnu durch einen kalten Empfang für seine seitherige Vernachlässigung meiner Person zu bestrafen.

Endlich erschien die freudig aufgeregte Menge mit dem Angekündigten vor unserem Hause. Dieser konnte nicht über fünfundzwanzig Jahre zählen und war von etwas mehr als gewöhnlicher Größe. Sein Körperbau zeigte das vollkommenste Ebenmaß, und die edlen Umrisse seiner Gestalt in Verbindung mit seinen bartlosen

Wangen hätten ihn zu einem würdigen Modelle für den polynesischen Apollo gemacht. Das Oval seines Gesichtes und die Regelmäßigkeit aller seiner Züge erinnerte mich in Wahrheit an eine antike Büste. Aber statt der marmornen Ruhe einer Statue zeigte sich bei ihm eine Wärme und Lebendigkeit des Ausdrucks, wie man sie nur bei dem unter den günstigsten Einflüssen der Natur sich entwickelnden Südsee-Insulaner findet. Marnu's krause, dunkelbraune Haare theilten sich an dem Halse und den Schläfen in dichte kleine Locken, welche beständig auf- und abtanzten, wenn er lebhaft sprach. Sein Gesicht war gar nicht tättowirt, sein übriger Körper aber ganz mit phantastischen Figuren bemalt, welche übrigens nicht, wie es sonst bei diesen Insulanern gewöhnlich ist, ohne allen Zusammenhang mit einander standen, sondern nach einem durchgreifenden Plane gefertigt zu sein schienen. Die Tättowirung auf seinem Rücken erregte besonders meine Aufmerksamkeit. Der Künstler, von dem sie stammte, hatte hier in der That eine ungewöhnliche Geschicklichkeit an den Tag gelegt. Dem Rückgrat entlang war sehr naturgetreu der dünne, allmälig sich zuspitzende, wie mit Würfeln eingelegte Stamm des schönen „Artubaumes" mit seinen anmuthigen, abwechselnd nach beiden Seiten auslaufenden und unter ihrem Blätterwerke sich beugenden Zweigen gezeichnet. Unwillkürlich mußte ich dabei an einen mit ausgebreiteten Zweigen an eine Gartenmauer gehefteten Weinstock denken. Auf der Brust, den Armen und Beinen des Fremden sah man eine endlose Mannigfaltigkeit von Figuren, deren jede aber zu dem allgemeinen Eindrucke, den der Künstler beabsichtigt hatte, in Beziehung stand. Die Farbe der ganzen Tättowirung war ein zartes Himmelblau und nahm sich auf dem hellen Olivgrün der Haut höchst eigenthümlich, aber gar nicht übel aus. Ein Gürtel von weißer Tappa, kaum zwei Zoll breit, aber vorne und hinten in dicht an einander gereihte Quasten auslaufend, war das einzige Kleidungsstück des Insulaners.

Unter dem linken Arme eine kleine Rolle Tappazeug und in der rechten Hand einen langen, reich verzierten Spieß haltend, schritt der Fremde, umgeben von den Eingeborenen, einher. Sein Benehmen war das eines Reisenden, welcher weiß, daß er einer behaglichen Station sich nähert. Alle Augenblicke wandte er sich gut gelaunt zu der ihn begleitenden Menge und gab auf ihre unaufhörlichen Fragen humoristische Antworten, welche mit schallendem Gelächter aufgenommen wurden.

Durch sein Aussehen, welches von dem aller übrigen mir bisher vorgekommenen Marquesasinsulaner mit ihren geschoreren Köpfen und tättowirten Gesichtern sehr abwich, sowie durch sein Benehmen überrascht stand ich, als er in's Haus trat, unwillkürlich auf und bot ihm einen Sitz auf den Matten neben mir an. Aber ohne die Höflichkeitsbezeugung oder auch nur die unwidersprechliche Thatsache meines Daseins seiner Aufmerksamkeit zu würdigen, ging der Fremde an mir vorüber und warf sich am andern Ende des langen Mattenlagers nieder. Diese mir so ungewohnte Mißachtung meiner Person erregte in mir die größte Verwunderung und Entrüstung, steigerte aber zugleich mein Verlangen, zu erfahren, wer denn dieser gefeierte Fremde wäre, der nun die allgemeine Aufmerksamkeit verschlang.

Tinor setzte ihm einen Flaschenkürbis mit Poi—poi vor, das er sich trefflich schmecken ließ, indem er zugleich nach jedem Mundvoll eine rasche Bemerkung machte, welche von der Menge, die das Haus gänzlich anfüllte, begierig aufgefaßt und wiederholt wurde. Die ungewöhnliche Verehrung, welche die Eingeborenen ihm zollten, und ihr völliges Mißachten meiner selbst verletzten meine Eitelkeit nicht wenig. Tommo's Glorie ist vorüber, dachte ich, und je eher er aus dem Thale fortkommt, desto besser!

Nachdem Marnu seinen Hunger gestillt und einige Züge aus einer ihm dargereichten Pfeife gethan hatte, hielt er eine Rede, welche die Aufmerksamkeit seiner Zuhörer im höchsten Grade fesselte. Aus der häufigen Wiederkehr der Wörter Nukahiwa und Franni (Franzose), so wie einiger anderer, deren Bedeutung mir bekannt war, schloß ich, daß er Ereignisse berichtete, welche neuerdings in den benachbarten Baien stattgefunden hatten. Wie er aber zur Kenntniß derselben gelangt war, konnte ich nicht begreifen, wenn er nicht eben von Nukahiwa kam; war er dagegen ein Eingeborener jenes Thales, so konnte ich mir die freundliche Aufnahme, die er bei den Typis fand, nicht erklären.

Noch nie war mir eine so hinreißende natürliche Beredtsamkeit vorgekommen, wie die, welche Marnu bei seinem Vortrag entfaltete. Die Anmuth der Stellungen, die seine gelenkige Gestalt annahm, das lebhafte Geberdenspiel seiner Arme und vor Allem das Feuer, das aus seinen Augen blitzte, brachte in Verbindung mit dem beständig wechselnden Tone seiner Stimme eine Wirkung hervor, auf die der vollendetste Redner hätte stolz sein können. Jetzt saß er, auf einen Arm gestützt, ruhig auf der Matte und erzählte umständlich die Angriffe der Franzosen, ihre feindlichen Besuche in den umliegenden Buchten von Happar, Puerka, Nukahiwa und Tior; dann sprang er auf, stürzte sich mit geballten Fäusten und wuthverzerrtem Gesichte vorwärts und ergoß sich in eine Fluth von Schmähungen. Hierauf nahm er eine würdevolle Haltung an und ermahnte die Typis, derlei nicht zu dulden, indem er sie mit einem triumphirenden Blicke daran erinnerte, daß der Schrecken ihres Namens sie bisher vor einem Einfalle bewahrt habe, und mit verächtlichem Lächeln den Muth der Feinde bespöttelte, die mit sechs großen Kriegscanoes und Hunderten von Männern noch nicht gewagt hätten, die nackten Krieger ihres Thales anzugreifen. Seine Worte brachten auf die Zuhörer eine electrische Wirkung hervor. Alle betrachteten ihn mit funkelnden Augen und bebenden Gliedern, als hörten sie die Stimme eines Propheten.

So bald Marnu seine leidenschaftliche Rede beendigt hatte, warf er sich wieder auf die Matten, redete Einzelne aus der Menge bei ihrem Namen an und richtete scherzhafte Worte an sie, welche die ganze Versammlung zu stürmischer Fröhlichkeit hinrissen. Für Jedermann, die Frauenspersonen nicht ausgenommen, hatte er ein Wort, und rasch von Einem zum Andern sich wendend erging er sich in Witzreden, welche nie verfehlten, ein schallendes Gelächter zu erregen.

Endlich schloß ich aus gewissen Anzeichen, daß er von mir sprach, obgleich er es vorsichtig vermied, meinen Namen zu nennen oder nach mir zu blicken. Plötzlich stand er auf, ging, dabei noch immer mit den Eingeborenen redend und mit seinen Blicken den meinigen absichtlich ausweichend, auf mich zu und setzte sich in meiner Nähe nieder. Kaum hatte ich mich von meiner Ueberraschung erholt, als er sich auf einmal gegen mich wandte und mit der wohlwollendsten Miene mir die rechte Hand entgegenstreckte. Natürlich nahm ich die freundliche Aufforderung an, und so bald unsere Hände sich drückten, beugte er sich gegen mich und murmelte mit seiner wohlklingenden Stimme in gebrochenem Englisch: „Wie es Ihnen gehen? wie lang' Sie in diesem Thal? Ihnen gefallen dieses Thal?"

Wäre ich mit drei Happarspießen auf einmal durchstochen worden, ich hätte nicht heftiger zusammenfahren können, als beim Klange dieser einfachen drei Fragen. Einen Augenblick war ich sprachlos vor Erstaunen; dann antwortete ich ihm, ich weiß selbst nicht was. So bald ich jedoch meine Selbstbeherrschung wieder erlangt hatte, kam mir der Gedanke, daß ich vielleicht von diesem Manne die Auskunft über Toby bekommen könnte, welche mir, wie ich argwohnte, bisher absichtlich vorenthalten worden war; er erklärte aber, gar nichts von ihm zu wissen. Auf meine fernere Frage, woher er komme, antwortete er, von Nukahiwa, und als ich meine Verwunderung darüber äußerte, sah er mich einen Augenblick schweigend an, als ergötze ihn meine

Ueberraschung. Dann rief er lebhaft: „Ah, ich tabu, — ich gehen Nukahiwa, — ich gehen Tior, — ich gehen Typi, — ich gehen überall hin, — Niemand mir etwas zu Leide thun, — ich tabu.“

Neugierig, zu erfahren, wie er zu seiner Kenntniß des Englischen gekommen war, befragte ich ihn darüber. Anfangs wich er aus einem oder dem andern Grunde dieser Frage aus; nachher aber sagte er mir, er sei als Knabe von dem Kapitän eines englischen Kauffahrteischiffes auf die See mitgenommen worden, habe bei ihm drei Jahre und zwar einen Theil dieser Zeit in Sydney zugebracht, sei aber bei einem späteren Besuche Nukahiwa's auf seine Bitte von dem Kapitän bei seinen Landsleuten zurückgelassen worden. Als ich den nun ganz zuthunlichen Marnu fragte, warum ich nicht früher von ihm angeredet worden sei, wünschte er zu wissen, was ich wohl deßhalb von ihm gedacht habe. Ich antwortete, ich habe ihn für einen großen Häuptling gehalten, dem schon so viele weiße Männer zu Gesichte gekommen seien, daß er es nicht für der Mühe werth halte, von einem armen Matrosen Kenntniß zu nehmen. Diese meine hohe Meinung von ihm erfreute ihn höchlich, und er gab mir zu verstehen, daß er sich absichtlich anfangs so gegen mich benommen habe, damit meine Ueberraschung um so größer wäre, wenn er sich später an mich wendete.

Marnu wünschte nun zu erfahren, wie ich in das Typithal gekommen sei. Als ich ihm dieß erzählte, hörte er mir mit großem Interesse zu; so bald ich aber auf das mir noch unerklärte Verschwinden meines Gefährten zurückkam, fing er von etwas Anderem an, als ob dieß ein Gegenstand wäre, den er nicht aufgefrischt zu sehen wünschte, und trotz seiner Erklärung, daß er nichts von Toby wisse, konnte ich den Verdacht nicht unterdrücken, daß er mich hierin täusche. Dieser Verdacht erweckte zugleich in meiner Brust die seit Kurzem niedergekämpften Besorgnisse wegen des auch mir vielleicht bevorstehenden schrecklichen Schicksals wieder. Es regte sich daher in mir das sehnlichste Verlangen, daß dieser offenbar sehr angesehene Fremde ein Fürwort bei den Typis für mich einlegen und mich unter seinem Schutze nach Nukahiwa mitnehmen möchte. So bald ich aber hievon anfing, erklärte er es auf's Entschiedenste für unmöglich, indem er mir versicherte, daß die Typis mich nimmermehr aus ihrem Thal entlassen würden. Obgleich nun das, was er sagte, meine früheren Vermuthungen nur bestätigte, so steigerte es doch meine Sehnsucht, aus einer Gefangenschaft zu entkommen, welche, so erträglich, ja angenehm sie an und für sich war, doch ein schreckliches Ende nehmen konnte, wie es vielleicht bei Toby trotz der Freundlichkeit, womit man auch ihn behandelt hatte, geschehen war. Ich wiederholte daher meine Bitte; allein er schilderte mir nur in lebhafteren Farben die Unausführbarkeit meines Gedankens. Als ich nun von ihm zu erfahren wünschte, warum die Typis mich gefangen hielten, nahm Marnu wieder jenen geheimnißvollen Ton an, der mich, als ich ihn über das Schicksal meines Gefährten befragte, mit den beängstigendsten Gedanken erfüllt hatte.

Diese Art der Ablehnung meiner Bitte erweckte natürlich nur neue Besorgnisse in mir, und ich beschwor daher Marnu, daß er wenigstens einen Versuch machen möchte, mir bei den Typis meine Freilassung auszuwirken. Dagegen zeigte er einen entschiedenen Widerwillen; endlich aber gab er doch meinem Drängen nach und sprach mit mehreren von den Häuptlingen, welche gleich den übrigen Anwesenden uns während unseres ganzen Gesprächs aufmerksam beobachtet hatten. Seine Fürsprache wurde jedoch mit dem größten Mißfallen aufgenommen, das sich in zornigen Blicken und Geberden und einem wahren Strome leidenschaftlicher an uns Beide gerichteter Reden äußerte. Marnu, offenbar bereuend, was er gethan hatte, gab sich alle Mühe, die aufgeregte Menge zu beruhigen, was ihm in

Kurzem wenigstens so weit gelang, daß das Geschrei, welches seinem Vorschlage gefolgt war, sich wieder zu legen begann. Er sagte mir nun mit besorgter Miene, er dürfe sich in die Angelegenheiten der Typis nicht weiter mischen, da sonst das Tabu seine bindende Kraft für sie verlieren, und er von ihnen als Feind behandelt werden würde.

In diesem Augenblicke unterbrach ihn Mehewi zornig, und die Worte, die er in gebieterischem Tone aussprach, hatten offenbar den Sinn, Marnu solle sogleich aufhören, mit mir zu sprechen, und sich von mir entfernen. Der Letztere sprang alsbald auf und schärfte mir nur noch in aller Eile ein, ihn nicht mehr anzureden und, wenn mir meine Sicherheit am Herzen liege, künftig zu den Eingeborenen kein Wort mehr von meinem Wunsche zu sagen. Hierauf ging er, nachdem der Häuptling seinen Befehl in heftigem Tone wiederholt hatte, von mir weg. Argwöhnisch blickten die wild funkelnden Augen der Eingeborenen bald auf Marnu, bald auf mich, als mißtrauten sie einer Unterredung, die in einer ihnen unverständlichen Sprache geführt worden war, und als hegten sie den Verdacht, daß wir bereits Mittel und Wege, ihre Wachsamkeit zu täuschen, verabredet hätten.

Aus dem, was um mich her vorging, erkannte ich nur zu wohl, daß Marnu's Rath alle Beachtung verdiente. Daher redete ich, so schwer es mir wurde, meine Gefühle zu bemeistern, Mehewi in freundlichem Tone an, um den unangenehmen Eindruck, den meine durch Marnu vorgebrachte Bitte auf ihn gemacht hatte, wo möglich wieder zu verwischen. Aber der zornige Häuptling war nicht so leicht zu besänftigen, sondern wies mein Entgegenkommen mit finsterer Miene zurück und trug Sorge, durch sein ganzes Benehmen seinen Unwillen über mich an den Tag zu legen.

Marnu suchte am anderen Ende des Hauses die Anwesenden wieder durch seine Scherze zu belustigen; aber seine lebhaften Bemühungen hatten nicht mehr denselben Erfolg, wie früher, und er erhob sich daher ernst, um sich zu entfernen. Niemand äußerte Bedauern darüber; so ergriff er denn seine Tapparolle und seinen Spieß, trat gegen den Eingang des Hauses vor, winkte der jetzt schweigenden Menge zum Abschiede mit der Hand, warf mir einen halb mitleidigen, halb vorwurfsvollen Blick zu und schwang sich auf den Pfad hinab, der von dem Hause hinwegführte. Ich sah ihm nach, bis er im Gehölze verschwand; dann gab ich mich, von dem unwandelbaren Entschlusse der Typis, mich nie mehr aus ihrem Thale zu entlassen, fester als je überzeugt, eine Zeit lang wieder den traurigsten Gedanken hin.

Fünfzehntes Kapitel.

Einiges über das Typithal und die Lebensweise seiner Bewohner.

In einer Gesellschaft von Marquesasinsulanern bildet das Wetter keinen Gegenstand des Gesprächs, da man kaum sagen kann, daß es Veränderungen unterworfen sei. Die Regenzeit zwar bringt häufige Wolkenergüsse, aber diese sind nicht anhaltend und erfrischen angenehm. Wenn ein Eingeborner Morgens von seinem Lager aufsteht, braucht er nicht erst zu erforschen, wie der Himmel aussieht, oder von welcher Seite der Wind kommt. Stets ist er eines schönen Tages gewiß, und die Aussicht auf einige Regenschauer begrüßt er freudig. In seiner Heimath weiß man nichts von dem „merkwürdigen Wetter,“ das bei uns so viele Ausrufungen der Verwunderung und des Mißmuths hervorruft. Ein Tag folgt dem andern in einem unveränderlichen Kreislaufe von Sommer und Sonnenschein, und das ganze

Jahr ist wie ein langer, eben in den Juli übergehender tropischer Junimonat. Dieses herrliche Klima in Verbindung mit dem fruchtbaren Boden bringt auf den Marquesasinseln den Kokosnußbaum, der dort mehr als hundert Fuß hoch wird, zur höchsten Vollkommenheit und zur üppigsten Blüthe. Auch der stattliche Brodfruchtbaum, der auf den Sandwichinseln selten und nur in Exemplaren von sehr untergeordneter Beschaffenheit sich findet, auf Tahiti aber wenigstens keine solche Menge von Früchten liefert, daß diese das Hauptnahrungsmittel der Einwohner bilden könnten, erreicht seine größte Vollkommenheit auf den Marquesasinseln, wo er zu einer ungeheuren Höhe emporwächst und mit einer erstaunlichen Fülle von Blüthen und Früchten sich bedeckt. Amar und Poi-poi, die man aus Brodfrucht bereitet und lange aufbewahren kann, machen daselbst bei Weitem die wichtigsten Vorräthe von Lebensmitteln aus.

Ein unangenehmer Anblick im Typithale war mir eine Art großer, unbehaarten Ratten gleichender Hunde, mit glatten, glänzenden ungefleckten Häuten, fetten Wänsten und sehr widerlichen Gesichtern. Woher, in Buffon's und Cuvier's Namen, kamen doch wohl die häßlichen Thiere? denn daß sie kein ursprüngliches Erzeugniß dieses Landes sein konnten, darüber war ich mit mir bald im Reinen. Auch schienen sie sich bewußt zu sein, daß sie eigentlich nicht hieher gehörten; sahen sie doch ordentlich beschämt und verlegen aus und suchten sich stets in einem dunklen Winkel zu verbergen. Einst schlug ich Mehewi einen Kreuzzug gegen diese abscheulichen Köter vor. Er hörte mich ganz geduldig an, aber als ich geendigt hatte, schüttelte er den Kopf und sagte mir im Vertrauen, daß sie „tabu" seien.

Mein besonderes Interesse erregte unter den wenigen Thieren, die im Typithale sich finden, eine sehr schöne goldfarbige Eidechsenart. Sie mißt vom Kopfe bis zum Schwanze vielleicht fünf Zoll, und ihr Bau zeigt das zierlichste Ebenmaß. Schaaren dieser Thierchen sah ich auf den Dächern der Häuser sich sonnen, und eine Menge derselben zeigte zu allen Stunden des Tages ihre glitzernden Seiten, indem sie mit einander spielend durch das Gras glitten oder truppweise die hohen, aber meistens stark geneigten Stämme der Kokosnußbäume auf und ab rannten. Dabei waren sie vollkommen zahm und furchtlos. Oft wurde ich, wenn ich mich während der Hitze des Tages an einem schattigen Platze auf den Boden gesetzt hatte, von ihnen völlig überlaufen. Schüttelte ich eine von meinem Arme, so hüpfte sie mir vielleicht in die Haare, und wollte ich sie durch sanftes Kneipen in das Bein verscheuchen, so suchte sie bei derselben Hand Schutz, die sie angegriffen hatte.

Auch die Vögel sind sehr zahm. Sah ich einen auf einem Zweige im Bereiche meines Armes sitzen und trat auf ihn zu, so flog er nicht sogleich davon, sondern mich anblickend wartete er ruhig, bis ich ihn fast berühren konnte; dann erst hob er langsam die Flügel, weniger, wie es schien, weil meine Annäherung ihn erschreckte, als um mir aus dem Wege zu gehen. Gehörte das Salz in dem Thale nicht zu den Seltenheiten, so wäre dieß ganz der Ort, damit Vögel zu fangen. Sie sind sehr zahlreich, und ihr prachtvolles Gefieder schimmert in den lebhaftesten Farben, Purpur und Himmelblau, Karmoisinroth und Weiß, Schwarz und Gold; ihre Schnäbel sind bald blutroth, bald kohlschwarz, bald weiß wie Elfenbein, und ihre Augen hell und glänzend. Aber ach! auf ihnen allen liegt der Zauber der Stummheit, — kein einziger Singvogel ist im ganzen Thale.

Wilde Thiere gibt es auf der Insel so wenig als Schlangen, und die Berge, sowie die inneren Theile des Eilandes überhaupt, sind Einöden, deren feierliche Stille durch kein Gebrüll eines Raubthiers unterbrochen wird, und in denen selbst von winzigem Thierleben nur wenige Spuren sich finden. Auch von dem geflügelten Raubgesindel der Muskito's, von denen ich auf den Sandwich- und zwei oder drei der Gesellschaftsinseln blühende Colonieen vorfand, war das Typithal während meines Aufenthalts in demselben noch völlig frei, und eine je und je sich zeigende winzige Fliegenart ist mir zwar daselbst durch ihre Zudringlichkeit manchmal sehr lästig geworden, aber sie sticht doch nicht, und ihre Quälereien sind mit denen der Muskito's nicht zu vergleichen.

Nach einer Schätzung, welche ich bei einem großen Volksfeste, das die ganze Einwohnerschaft des Typithales versammelte, vorzunehmen suchte, mag sich die Bevölkerung desselben ungefähr auf 2000 Seelen belaufen, und zwar überwiegt, wie auf vielen Südseeinseln, das männliche Geschlecht weit das weibliche. Auch würde keine Einwohnerzahl zu dem Umfange des Thales besser passen. Dieses ist etwa vierthalb Stunden lang und durchschnittlich eine halbe breit. Dörfer gibt es nicht, sondern die Häuser sind, besonders gegen das obere Ende des Thales hin, in weiten Zwischenräumen über die ganze Fläche desselben vertheilt. Sie stehen da und dort im Schatten der Gehölze, oder sind den Ufern des sich schlängelnden Flusses entlang zerstreut, und ihre goldfarbigen Bambuswände und weißen Dächer bilden einen schönen Gegensatz zu dem beständigen Grün, das sie umgibt. Auch Straßen finden sich im ganzen Thale nicht, sondern nur ein Labyrinth von Fußpfaden, die sich endlos zwischen den Dickichten drehen und winden.

Merkwürdig war mir die beständige Heiterkeit, welche Tag für Tag, wohin ich blickte, unter den Bewohnern des Thales herrschte. Ein Hauptgrund derselben lag wohl in dem sie durchströmenden Gefühle vollkommener Gesundheit. Zwar bemerkte ich an manchen Männern Narben von Wunden, die ihnen im Kriege beigebracht worden waren, auch fehlte es nicht ganz an Solchen, welche dabei einen Finger, eine Hand oder einen Arm eingebüßt hatten; aber während meines ganzen Aufenthalts in dem Thale sah ich, so viele Häuser ich auch besuchte, nur einen einzigen Kranken. Dazu kam, daß unzählige Aufregungen, welche den civilisirten Menschen so oft um seine Ruhe und gute Laune bringen, hier gänzlich unbekannt waren. Da gab es keine protestirten Wechsel, keine Ehrenschulden, keine Schneider und Schuhmacher, die nun einmal durchaus bezahlt sein wollen, keine Advokaten und Prozesse, keine Armen, keine Bettler, keine stolzen, hartherzigen Nabobs, — mit Einem Worte, es gab kein Geld!

Die bürgerlichen Einrichtungen der Typis waren außerordentlich einfach. Den Häuptlingen, deren Würde sich vom Vater auf den Sohn vererbt, wurde die schuldige Ehrerbietung willig und freudig gezollt; aber ihre Ansprüche auf Auszeichnung waren sehr bescheiden, ihr Regiment im höchsten Grade mild, und das Benehmen der übrigen Eingeborenen gegen sie frei und zwanglos. Die Stelle der Gesetze schien das Rechtsgefühl in eines Jeden Brust und die hergebrachte Sitte zu ersetzen. Von Gerichten, Polizei und Gefängnissen sah und hörte ich nichts. Dennoch ging Alles in der größten Ordnung vor sich. In den finstersten Nächten schliefen die Thalbewohner, um sich her ihr ganzes Eigenthum, in Häusern ohne Schloß und Riegel. Ein Pottwallfischzahn, über und über mit eingegrabenen Sinnbildern verziert, ist Kaluna's kostbarster Schmuck, den sie höher als Edelsteine schätzt; aber er hängt in der abgelegenen Wohnung des Mädchens unverwahrt an einer Schnur von geflochtener Rinde, das Haus steht offen, und sämmtliche Bewohner desselben sind zum Flußbade gegangen. Ein fein polirter, zierlich ausgeschnitzelter Spieß gehört Wormunu, er ist viel schöner, als der, welchen der alte Marheyo so hoch hält, und das werthvollste Eigenthum seines Besitzers; nichtsdestoweniger sah ich ihn im Gehölze an einem Kokosnußbaume lehnen, und dort wurde er wieder gefunden, als man ihn suchte.

Während die Häuser mit den darin in verschiedener Menge vorhandenen Matten, Bündeln, Kleidungsgegenständen, Zierrathen,

Waffen, Geschirren und Vorräthen von Lebensmitteln offenbar persönliches Eigenthum und als solches streng geachtet waren, schien mir der Grund und Boden mit seinen Erzeugnissen als Gemeingut zu gelten, da ich oft beobachtete, daß von den nämlichen Baumgruppen Leute aus ganz verschiedenen Theilen des Thales Früchte einsammelten. Eine entschiedene Gütergemeinschaft fand bei dem zu gewissen Zeiten im Großen angestellten Fischfange Statt. Viermal während meines Aufenthalts in dem Typithale, und zwar immer gegen die Zeit des Vollmonds, versammelten sich die jungen Männer und zogen gemeinschaftlich auf den Fischfang aus. Da sie gewöhnlich zwei Tage und Nächte ausblieben, so vermuthete ich, daß sie sich auf die offene See, eine Strecke über die Bai hinaus, begaben. Während ihrer Abwesenheit ist Alles im Thale in der freudigsten Aufregung, da die Typis, wie alle Südseeinsulaner, leidenschaftliche Liebhaber von Fischen sind. Sie verzehren sie roh sammt Schuppen, Gräten, Kiemen und allen inneren Theilen, indem sie dieselben am Schwanze halten und den Kopf in den Mund stecken, wo das ganze kleine Thier mit erstaunlicher Schnelligkeit verschwindet. So bald der Stimmentelegraph die Rückkehr der Fischer verkündigt, rennen die Männer von allen Seiten der Küste zu, während andere in der Nähe des Ti's bleiben, um die nöthigen Vorkehrungen zur Empfangnahme und Vertheilung der Fische zu treffen, welche in ungeheuren Blätterbündeln, von denen je eines zwei Männer an einer Stange tragen, herbeigebracht werden. Ich war einst vom Ti aus Augenzeuge dieses mir sehr interessanten Auftritts. Nachdem alle jene Bündel angekommen waren, wurden sie in einer Reihe unter die Veranda des Gebäudes gelegt und geöffnet. Die Fische waren alle ganz klein, meistens etwa von der Größe eines Härings, und von verschiedenen Farben. Ungefähr ein Achttheil des Ganzen legte man für den Gebrauch des Ti's selbst zurück; das Uebrige wurde in viele kleinere Päcke vertheilt, und dann sogleich nach allen Richtungen bis in die entferntesten Theile des Thales versandt. Am Orte ihrer Bestimmung angekommen, wurden diese Päcke wieder geöffnet und ihr Inhalt gleichmäßig unter die verschiedenen Häuser jedes Districts ausgetheilt. So bekamen Alle ohne Unterschied zu einer und derselben Zeit diese Lieblingsspeise zu essen, und großer Jubel herrschte im ganzen Thale.

Wahrhaft bewundernswürdig war mir bei diesen und allen anderen Gelegenheiten die ungestörte Eintracht, worin Alles im Thale vor sich ging. Ein Sinn schien die Bewohner desselben bei ihrem Thun und Lassen zu leiten und kaum eine Meinungsverschiedenheit über irgend einen Gegenstand unter ihnen obzuwalten. Mit Ausnahme eines einzigen Falles, den ich später berichten werde, war ich während meines ganzen Aufenthalts im Thale nie Zeuge eines Streits oder auch nur eines unfreundlichen Wortwechsels. Die Einwohner lebten mit einander wie Eine Familie, deren Glieder durch die Bande warmer Zuneigung verbunden waren. Das besondere Gefühl der Verwandtenliebe trat dagegen weniger hervor, weil es sich mit dem der allgemeinen gegenseitigen Liebe zu verschmelzen schien, und da Alle wie Brüder und Schwestern behandelt wurden, war es schwer zu sagen, wer wirklich durch Bande des Bluts mit einander verbunden sei.

Abgesehen von dann und wann wiederkehrenden Kriegszügen oder Festlichkeiten fließt das Leben der Typis sehr gleichförmig dahin; ein Tag der Ruhe und des Frohsinns folgt dem andern, und gebe ich daher jetzt die Geschichte eines ihrer Tage, so gebe ich damit zugleich so ziemlich die Geschichte ihres ganzen Lebens.

Wenn die Sonne ihre goldenen Strahlen auf den Happarberg warf, machte ich mich mit Kory=Kory und allen übrigen Hausbewohnern auf den Weg nach dem Flusse. Dort fanden wir alle Diejenigen, welche in unserem Theile des Thales wohnten, versammelt und badeten mit ihnen. Die kühle Morgenluft und das frische Wasser erquickten

Leib und Seele, und nachdem wir dem Bade eine halbe Stunde gewidmet hatten, schlenderten wir nach Hause zurück, wobei Marheyo und Tinor dürres Brennholz auflasen, und einige der jungen Männer die Kokosnußbäume, an denen sie vorüberkamen, in Contribution setzten, während Kory-Kory durch allerlei Sprünge und Scherze mich zu belustigen suchte.

Nach unserer Ankunft zu Hause wurde das Frühstück eingenommen, wobei übrigens die Eingeborenen, ihren Appetit auf eine spätere Mahlzeit aufsparend, nicht viel aßen. Auch ich genoß nur spärlich von dem vorgesetzten Poi-poi, wobei mir Kory-Kory wie immer als Löffel diente. Zu dieser Speise kam abwechselnd bald geröstete Brodfrucht, bald Amarkuchen, bald Koku, oder auch Bananen, Momiäpfel, oder andere wohlschmeckende und nahrhafte Früchte. Zum Beschlusse des Frühstücks wurde der flüssige Inhalt junger Kokosnüsse getrunken. Während meine Hausgenossen dieses einfache Mahl zu sich nahmen, ruhten sie in Gruppen halb sitzend, halb liegend auf ihren Matten und beförderten durch heitere Gespräche die Verdauung.

Nach dem Frühstücke wurden Pfeifen angezündet, worunter meine eigene, ein Geschenk Mehewi's. Den Eingeborenen, welche nur einen oder zwei Züge auf einmal thun und dann wieder warten, bis die von Hand zu Hand gehende Pfeife zu ihnen zurückkehrt, erschien das, daß ich vier bis fünf Pfeifen Taback hinter einander rauchte, als etwas höchst Wunderbares. Waren zwei oder drei Pfeifen im Kreise umhergegangen, so brach die Gesellschaft allmälig auf. Marheyo ging zu der Hütte, an der er baute. Tinor begann ihre Tappaballen zu beaugenscheinigen, oder beschäftigte ihre rührigen Finger mit dem Flechten von Grasmatten. Die Mädchen salbten sich mit ihren wohlriechenden Oelen ein, ordneten ihre Haare oder musterten ihre Zierrathen. Die jungen Männer und die Krieger nahmen ihre Spieße, Schlachtkeulen, Kriegsmuscheln oder Ruder zur Hand, gruben mit zugespitzten Bruchstücken von Muscheln oder Steinen alle möglichen Figuren darauf ein, und schmückten sie, besonders die Kriegsmuscheln, mit Quasten von geflochtenen Rindenfasern und Büscheln von Menschenhaaren. Manche warfen sich auch nach dem Frühstücke sogleich wieder auf die einladenden Matten und schliefen bald so fest, als hätten sie eine Woche lang kein Auge zugethan. Andere begaben sich in die Gehölze, um Früchte oder Rindenfasern und Blätter zu sammeln, da man der beiden letzteren beständig bedurfte und sie zu den verschiedensten Zwecken verwendete. Von den Mädchen gingen wohl auch einige in den Wald, um Blumen zu pflücken, oder kehrten mit kleinen Flaschenkürbissen und Kokosnußschalen nach dem Flusse zurück, um sie durch Reiben mit einem glatten Steine im Wasser zu poliren. Kurz, es fehlte den Insulanern nie an Mitteln, ihre Zeit angenehm auszufüllen.

Ich selbst brachte die Vormittage auf die verschiedenste Art zu. Bald ging ich, überall eines herzlichen Empfanges gewiß, von Haus zu Haus; bald lustwandelte ich von Gehölz zu Gehölz und von einem schattigen Platze zum andern, meistens von einer Schaar munterer Eingeborener, immer aber von Kory-Kory begleitet. Hatte ich keine Lust, oder fehlte es mir an Kraft zu längerem Gehen, so nahm ich eine der vielen mir zukommenden Einladungen an und streckte mich auf den Matten einer gastlichen Wohnung aus und unterhielt mich angenehm damit, daß ich entweder das Treiben der mich Umgebenden beobachtete oder selbst an ihren Beschäftigungen Theil nahm. So oft ich das Letztere that, kamen die Eingeborenen fast außer sich vor Entzücken, und Alles bewarb sich aufs eifrigste um die Ehre, mich in irgend einer Kunst unterrichten zu dürfen.

Näherte sich der Mittag, so begannen die, welche unser Haus verlassen hatten, zurückzukehren, und um die Mittagszeit selbst ließ sich kaum mehr ein Laut im ganzen Thale vernehmen, da Alles in tiefem Schlafe lag. Dieser dauerte gewöhnlich anderthalb Stunden, sehr oft aber auch länger. Erhoben sich endlich die Schläfer von ihren Matten, so griffen sie wieder zur Tabackspfeife, und dann wurden die Zurüstungen zur Hauptmahlzeit gemacht. Ich jedoch nahm diese, seit es mit meiner Gesundheit besser ging, fast immer im Ti mit Mehewi und anderen Häuptlingen ein, welche sich stets freuten mich zu sehen, und mir auftischten, was ihre Vorrathskammer nur immer zu bieten vermochte. Unter andern Leckerbissen ließ Mehewi gewöhnlich auch, und zwar offenbar mir zu Ehren, ein gebratenes Ferkel auftragen. Der Aufenthalt in diesem Hoflager des obersten Häuptlings oder, wenn man so sagen will, des Königs Mehewi that mir an Leib und Seele wohl. Dort, wo keine Frauenspersonen Zutritt fanden und die Krieger ganz unter sich waren, gaben sie sich der ungezwungensten Fröhlichkeit hin. Zuweilen füllte sich auch das Ti mit heiteren, redseligen älteren Männern. Da saßen sie stundenlang auf den Matten, plauderten, rauchten, aßen Poi—poi oder machten ein Schläfchen. Oft mußte ich Mehewi und seinen Freunden ein Lied singen, das sie vergebens nachzuahmen suchten, aber stets bewunderten, da in dem Typithale zwar eine gewisse Art von Recitativ in Uebung, eigentliches Singen dagegen gänzlich unbekannt war. Große Freude machte es ihnen auch, einen Faustkampf, den sie als eine nur dem weißen Manne eigene Kunst zu betrachten schienen, von mir ausführen zu sehen. Da keiner der Eingeborenen den Muth hatte, es hierin mit mir aufzunehmen, so mußte ich mit einem eingebildeten Feinde kämpfen, der vor meiner überlegenen Tapferkeit regelmäßig den Kürzeren zog. Manchmal, wenn dieser von meinen Schlägen übel zugerichtete Schatten eilig gegen eine Gruppe Eingeborener zurückwich und ich, ihn verfolgend und nach rechts und links Schläge führend, unter sie stürzte, so zerstoben sie nach allen Richtungen, — zum großen Ergötzen Mehewi's, der übrigen Häuptlinge und ihrer selbst.

Nachdem ich einen großen Theil des Nachmittags an diesem vergnüglichen Orte zugebracht hatte, machte ich gewöhnlich in der Abendkühle mit Kory-Kory eine Fahrt auf einem kleinen See, oder badete im Flusse mit einer Anzahl der Eingeborenen, welche um diese Tageszeit stets hier zu finden waren. Begann die Nacht einzubrechen, so versammelten sich Marheyo's Hausgenossen wieder unter seinem Dache. Man zündete Kerzen*) an, plauderte oder erzählte Geschichten; sehr oft tanzten auch die jungen Mädchen im Mondscheine vor dem Hause. Regelmäßig aber vereinigten sich sämmtliche Hausbewohner, auf den Matten sitzend, zu einem leisen eintönigen Recitative, wobei jedes zwei Stäbchen, die es in der Hand hielt, langsam an einander schlug. Dieses dauerte wenigstens eine Stunde und machte einen trübseligen Eindruck auf mich; ob es aber nur Sache der Unterhaltung, oder ein religiöser Gebrauch, vielleicht eine Art Familienabendgebet war, daraus konnte ich nicht klug werden.

Auf kurze Zeit zog sich Alles auf seine Matten zurück und gab sich einem leichten Schlummer hin; dann erhob man sich wieder, zündete von Neuem Kerzen an und nahm die dritte und letzte Mahlzeit ein, welche nur in Poi—Poi bestand, und nachdem man hierauf einige Züge aus einer Pfeife gethan hatte, schickte man sich zu dem großen

---

*) Ihre Kerzen bereiten die Eingeborenen, indem sie eine Anzahl Kerne von einer gewissen, unserer wilden Kastanie ähnlichen Nußart, von ihnen „Amer" genannt, an eine lange elastische Baumfaser reihen. Manche dieser Kerzen haben acht bis zehn Fuß Länge; da sie aber völlig biegsam sind, so bleibt das eine Ende zusammengerollt, während das andere brennt. Der Nußkern erzeugt eine unstäte bläuliche Flamme, und das Oel, das er enthält, verzehrt sich in etwa zehn Minuten. Brennt einer herab, so entzündet sich der nächste, und die Asche des ersteren wird in eine hiezu bereit gehaltene Kokosnußschale abgestoßen. Diese sinnreichen Kerzen erfordern übrigens eine beständige Aufmerksamkeit und müssen immer in der Hand gehalten werden. Die damit beschäftigte Person berechnet die Zeit nach der Zahl der verbrannten Nußkerne, und um diese zu erfahren, darf sie nur die Tappastückchen zählen, welche in regelmäßigen Zwischenräumen der Kerze entlang vertheilt sind.

Geschäfte der Nacht, dem Schlafe, an. Bei den Marquesasinsulanern könnte dieser fast das Geschäft des Lebens genannt werden; denn sie bringen einen großen Theil ihrer Zeit in seinen Armen zu, und für viele derselben ist das Leben beinahe nichts Anderes, als ein oft unterbrochener süßer Schlummer.

Sechzehntes Kapitel.

Furchtbare Entdeckungen.

Auf einem Spaziergange mit Kory-Kory zog, als wir eben am Rande eines dichten Gebüsches hingingen, ein eigenthümliches Geräusch meine Aufmerksamkeit auf sich, und als wir in das Dickicht traten, sah ich zum ersten Male, wie diese Insulaner beim Tättowiren zu Werke gehen. Am Boden lag ein Mann flach auf dem Rücken, und trotz seiner Bemühungen, seine Ruhe und Gelassenheit zu behaupten, verrieth das jeweilige krankhafte Zucken seiner Gesichtsmuskeln deutlich genug, daß er heftige Schmerzen litt. Sein Quälgeist beugte sich über ihn und arbeitete darauf los, wie ein Steinmetz mit Schlägel und Meißel. In einer Hand hielt er einen kurzen dünnen, in einen Haifischzahn auslaufenden Stab, auf dessen oberes Ende er mit einem hammerartigen Holzstückchen klopfte, indem er so die nöthigen Einschnitte in die Haut machte und dieselben mit dem Farbestoffe, worein das Werkzeug getaucht war, sättigte. Eine am Boden liegende Kokosnußschale enthielt diese Flüssigkeit, welche aus einer Mischung von Pflanzensaft und Asche bestand. Auf einem Stücke schmutziger Tappa sah man allerlei feinere und gröbere Tättowirungsgeräthe von Bein und Holz.

Der Künstler, der hier sein Atelier aufgeschlagen hatte, war so sehr in seine Arbeit vertieft, daß er unsere Annäherung nicht bemerkte, und ich ihm eine Weile ungestört zusehen konnte. So bald er aber meiner gewahr wurde, meinte er, ich habe ihn aufgesucht, um mich ebenfalls seiner Kunst zu bedienen, und voll Freude darüber faßte er mich und wollte sogleich an's Werk gehen. Als ich ihm nun zu verstehen gab, daß er sich in meiner Absicht gänzlich getäuscht habe, war er im höchsten Grade betroffen. Sich aber bald wieder fassend, schien er meiner Versicherung durchaus nicht glauben zu wollen, ergriff seine Instrumente und fuhr damit ganz nahe an meinem Gesichte hin und her, indem er in Gedanken schon seine Kunst an mir übte und jeden Augenblick in einen Ausruf der Verwunderung über die Schönheit seiner beabsichtigten Zeichnung ausbrach. Schon bei dem bloßen Gedanken an eine so abscheuliche Entstellung meines Gesichtes erschreckend, suchte ich von ihm wegzukommen, während Kory=Kory, dießmal zum Verräther werdend, in mich drang, dem Wunsche Kaky's — so hieß der Künstler — zu willfahren. Auf meine wiederholte Weigerung kam dieser fast außer sich vor Schmerz, daß ihm eine so schöne Gelegenheit, sich auf einer weißen Haut zu verewigen, entgehen sollte. Endlich verlieh mir Angst und Zorn Kraft genug, mich loszureißen, und ich floh auf Marheyo's Haus zu, verfolgt von dem aufgebrachten Kunstenthusiasten, der mir mit seinen Instrumenten nachrannte, bis Kory=Kory sich zuletzt in's Mittel legte und der Jagd ein Ende machte.

Dieser Vorfall öffnete mir die Augen für eine neue Gefahr, und kaum zweifelte ich, in einer unglücklichen Stunde mich so verunstaltet zu sehen, daß ich, auch wenn sich eine Gelegenheit dazu böte, nicht mehr die Stirne haben könnte, in die civilisirte Welt zurückzukehren.

Diese Besorgniß wurde dadurch sehr gesteigert, daß wenige Tage nachher ohne Zweifel auf Kaky's Antrieb Mehewi und mehrere andere Häuptlinge ebenfalls den Wunsch aussprachen, daß ich mich tättowiren lassen möchte. Ich gab dem Ersteren meinen äußersten Abscheu davor zu erkennen und kam in eine solche Aufregung, daß er mich mit stummem Erstaunen ansah. Offenbar ging es über seine Fassungskraft, wie ein verständiger Mensch gegen dieses bewunderungswürdige Verschönerungsmittel irgend etwas einzuwenden haben könne. Bald darauf erneuerte er seine Zumuthung, und meine abermalige Widersetzlichkeit machte ihn etwas unwillig. Als er daher sein Begehren zum dritten Male mit großem Nachdrucke gegen mich aussprach, so erklärte ich, um wo möglich wenigstens mein Gesicht zu retten, mich bereit, mir meine beiden Arme vom Handgelenke bis zur Schulter tättowiren zu lassen. Hierüber war Mehewi sehr erfreut, und schon wünschte ich mir Glück dazu, so davon zu kommen, als er mir zu verstehen gab, daß natürlich mein Gesicht der Operation zuerst unterworfen werden müsse. Ich kam in wahre Verzweiflung; denn es war mir nun klar, daß nur der völlige Ruin meines Antlitzes, auf das es auch vom Künstler hauptsächlich abgesehen war, Mehewi und die übrigen Häuptlinge zufrieden stellen würde. Als einziger Trost blieb mir, daß ich das Muster sollte wählen dürfen. Es stand mir nach Mehewi's Versicherung völlig frei, mir, wie mein Diener, drei wagerechte Stangen oder eben so viele schräge Streifen auf's Gesicht malen zu lassen, oder, wollte ich als echter Höfling mein Antlitz nach dem des obersten Häuptlings gemodelt sehen, so konnte ich eine Art Freimaurerzeichen in der Gestalt eines bedeutungsvollen Dreiecks auf meinem Gesichte tragen. Ich beliebte aber, gar keine Wahl zu treffen, und als Mehewi meinen unüberwindlichen Widerwillen gegen seinen Verschönerungsplan sah, hörte er endlich auf, in mich zu dringen.

Allein damit war die Sache keineswegs abgethan. Noch mehreremal begegnete ich Kaky in verschiedenen Theilen des Thales, und sobald er mich erblickte, rannte er auf mich zu und fuhr mir mit seinem Schlägel und Meißel vor dem Gesichte hin und her, als brenne er vor Begierde, sein Werk an mir zu beginnen. Was für eine Karrikatur hätte er aus mir gemacht! Auch andere Eingeborene ließen mir keine Ruhe, und kaum verging ein Tag, ohne daß sie das abscheuliche Ansinnen wiederholten, bis mir endlich mein Dasein zur Last wurde, das Angenehme, dessen ich mich bisher erfreut hatte, allen Reiz für mich verlor, und ich mich heftiger als je sehnte, aus dem Thale fortzukommen.

Zu dieser bedenklichen Bedrohung meines Gesichtes kam, daß mein Fußübel, nachdem es fast ganz verschwunden war, sich mit so heftigen Symptomen als je wieder einstellte. Daraus mußte ich schließen, daß ich ohne durchgreifende ärztliche Hülfe keine Genesung zu hoffen habe, und wenn ich nun daran dachte, daß in kleiner Entfernung jenseits der Berge, die mich umschlossen, eine solche zu finden, aber trotz ihrer Nähe mir unerreichbar sei, so fühlte ich mich sehr unglücklich. Zwei furchtbare Entdeckungen aber, die ich um diese Zeit machte, vollendeten das Peinliche meiner Lage.

Bereits habe ich erwähnt, daß in Marheyo's Hause eine Anzahl in Tappa gewickelter Gegenstände oben an der Decke hing. Die meisten dieser Päcke hatte ich schon in den Händen der Hausbewohner gesehen, und ihr Inhalt war in meiner Gegenwart untersucht worden. Aber nicht so verhielt es sich mit drei anderen, welche fast über dem Orte, wo ich lag, hingen, und durch ihr eigenthümliches Aussehen schon oft meine Neugierde erregt hatten. Mehreremal hatte ich Kory-Kory gebeten, mir ihren Inhalt zu zeigen; allein so dienstfertig er sonst war, gab er mir hierin doch stets eine abschlägige Antwort. Als ich nun eines Tages unerwartet von dem Ti zurückkam, versetzte meine Erscheinung die Hausbewohner in die größte Verwirrung. Sie saßen auf den Matten beisammen, und an den Schnüren, welche vom Dache bis auf den Boden hingen, sah ich sogleich, daß jene geheimnißvollen Päcke herabgelassen waren. Die augenscheinliche Bestürzung der Wilden bei meinem Anblicke ließ mich nichts Gutes ahnen, und erweckte in mir ein unwiderstehliches Verlangen, das so streng beobachtete Geheimniß zu enthüllen. Trotz Marheyo's und Kory-Kory's Bemühungen, mich zurückzuhalten, drang ich bis in die Mitte des Kreises vor und erblickte gerade noch drei Menschenköpfe, welche eben in aller Eile wieder eingewickelt wurden.

Einen der drei sah ich deutlich. Er war vollkommen gut erhalten und schien mittelst Räucherns sein trockenes, hartes, mumienartiges Aussehen bekommen zu haben. Die zwei langen Scalplocken waren oben auf dem Kopfe in Kugeln geflochten, wie der rechtmäßige Eigenthümer zu seinen Lebzeiten sie getragen hatte. Die eingesunkenen Wangen erhielten durch die Reihen glänzender Zähne, welche zwischen den Lippen vorstanden, ein noch geisterhafteres Aussehen, während die Augenhöhlen, mit ovalen Stückchen einer Perlmuttermuschel, in deren Mitte ein schwarzer Punkt angebracht war, ausgefüllt, die Häßlichkeit des Anblicks erhöhten. Zwei von den dreien waren Köpfe von Insulanern; aber der dritte war zu meinem Entsetzen der eines weißen Mannes. Obgleich er meinen Augen schnell entzogen worden war, so war doch der Blick, den ich darauf geworfen hatte, genügend, mich zu überzeugen, daß ich mich hierin nicht getäuscht haben konnte. Barmherziger Gott! welch' schreckliche Gedanken bestürmten meine Seele! Durch die Enthüllung dieses Geheimnisses hatte ich vielleicht zugleich dasjenige gelöst, welches für mich das Schicksal Toby's umgab. Gern hätte ich das Bündel aufgerissen, um hierüber auf einmal in's Klare zu kommen; aber ehe ich mich von meiner Bestürzung erholt hatte, wurden die verhängnißvollen Päcke in die Höhe gezogen und schwebten wieder über meinem Haupte. Lärmend umringten mich jetzt die Eingeborenen und suchten mich zu überzeugen, daß, was ich eben gesehen habe, die Köpfe im Gefecht erschlagener Happarkrieger seien. Diese offenbare Lüge steigerte nur meinen Schrecken, und erst als mir einfiel, daß ich dieselben Päcke schon vor Toby's Verschwinden gesehen hatte, konnte ich meine Fassung wieder gewinnen.

Obgleich aber jener entsetzliche Argwohn bei näherem Nachdenken sich mir als nichtig erwies, so war doch das, was ich entdeckt hatte, immer noch schrecklich genug, mich mit den bängsten Gedanken zu erfüllen. Ohne Zweifel hatte ich die Ueberbleibsel eines Unglücklichen gesehen, der bei einem jener oben beschriebenen gefährlichen Tauschhändel an der Küste von den Wilden erschlagen worden war. Mit Schaudern gedachte ich zugleich des Schicksals, das nachher sein entseelter Leib gehabt haben mochte. Erwartete mich dasselbe Loos? sollte ich wie er umkommen, vielleicht aufgefressen und mein Kopf als ein schreckliches Denkzeichen aufbewahrt werden? In solchen gräßlichen Möglichkeiten erging sich meine Einbildungskraft; den Eingeborenen aber verbarg ich meine Besorgnisse, sowie den vollen Umfang meiner Entdeckung.

Obgleich ich durch die von den Typis mir oft gegebene Versicherung, daß sie nie Menschenfleisch äßen, keineswegs hievon überzeugt worden war, so hatte ich doch während meines nun wohl mehr als vierteljährigen Aufenthalts in ihrem Thale nichts, was auf diesen abscheulichen Gebrauch hinwies, entdecken können und daher zu hoffen begonnen, daß die Uebung desselben wenigstens sehr selten vorkäme, und mir das Entsetzen, mich von seinem Bestehen mit eigenen Augen zu überzeugen, erspart werden würde. Aber ach! in dieser Hoffnung sollte ich mich nur zu bald getäuscht sehen.

Ungefähr eine Woche nach der vorhin erwähnten Entdeckung war ich eben in dem Ti, als das Geschrei: „Happar! Happar!“ erscholl. Die Eingeborenen ergriffen ihre Spieße und stürzten hinaus; die vornehmsten Häuptlinge folgten mit den sechs Musketen, die an der Wand lehnten, und bald verschwanden Alle in den Gehölzen. Immer aber noch sah man andere Insulaner an dem Ti vorüber und quer durch das Thal den Happarbergen zu eilen.

Plötzlich hörte ich von diesen her den scharfen Knall einer Muskete, gefolgt von einem wilden Geheule. Auf dieses erhoben die Weiber, die sich in den Gehölzen versammelt hatten, ein entsetzliches, lange anhaltendes Geschrei. Es war der zweite Einfall in das Typigebiet, den die Happars während meiner Anwesenheit in dem Thale gemacht hatten. Das erste Mal hörte ich während des mehrstündigen Gefechtes nur vier Musketenschüsse und wurde dadurch an die Art erinnert, wie Sultan Soliman's schwere Artillerie bei der Belagerung von Byzanz bedient wurde; dießmal aber vernahm ich wenigstens fünfzehn Schüsse. Während ferner das erste Mal die Typis zwar gesiegt, aber doch keine Trophäen mitgebracht hatten, kamen sie dießmal mit mehreren solchen zurück. Eine oder zwei Stunden nach Beendigung des Kampfes schallten laute Triumphlieder durch das Thal und kündigten die Rückkehr der Sieger an. Ich lehnte mit Kory-Kory an der Umzäunung des Pi-pi's und wartete auf ihre Ankunft, als ein Haufen Insulaner unter wildem Geschrei aus den nahen Gehölzen hervorkam. In ihrer Mitte gingen vier Männer in Zwischenräumen von acht bis zehn Fuß hinter einander her. Auf ihren Schultern trugen sie Stangen von gleicher Länge, an denen, mit Riemen von Rinde befestigt, drei lange, schmale Gegenstände hingen, welche sorgfältig in frisch gepflückte, durch Bambuszweige zusammengehaltene Palmblätter gewickelt waren. An diesen Bündeln, sowie an den nackten Leibern der Krieger, welche sie trugen, zeigten sich da und dort Blutflecken. Der vorderste hatte an seinem geschorenen Kopfe eine tiefe Wunde, die helle Tättowirung an seinem Leibe war mit Blut und Staub bedeckt, seine entzündeten Augen rollten in ihren Höhlen, und sein ganzes Aussehen verrieth heftige Schmerzen und die größte Anstrengung, seiner Last nicht zu erliegen. Doch, durch eine mächtige Triebfeder aufrecht erhalten, schritt er unter seiner Bürde weiter, während die Menge um ihn her durch wildes Zujauchzen ihn zu ermuntern suchte. Die andern drei Männer hatten an den Armen und der Brust mehrere leichte Wunden, welche sie etwas prahlerisch zur Schau stellten. Da diese vier Krieger an dem Gefechte den thätigsten Antheil genommen hatten, machten sie, wie Kory-Kory mir sagte, Anspruch auf die Ehre, die Leiber ihrer erschlagenen Feinde nach dem Ti zu tragen.

Mehewi schritt neben diesen Helden einher. In einer Hand trug er eine Muskete, an deren Lauf ein cannevassenes Pulversäckchen hing, und in der andern einen kurzen Wurfspieß, den er vor sich hin hielt und mit stolzer Freude betrachtete. Diesen Wurfspieß hatte er einem berühmten Happarkrieger entrissen, der schmählich geflohen und von seinem Gegner über den Gipfel des Berges hinaus verfolgt worden war. Als der Zug nur noch eine kurze Strecke von dem Ti entfernt war, taumelte der Krieger mit dem verwundeten Kopfe, den ich jetzt als einen Häuptling Namens Namoni erkannte, zwei oder drei Schritte vorwärts und fiel dann zu Boden, aber nicht ehe ein Anderer, rasch zugreifend, das Ende der Stange von der Schulter des Strauchelnden genommen und auf seine eigene gelegt hatte.

Die aufgeregte Menge, welche Mehewi und die Leiber ihrer erschlagenen Feinde umgab, näherte sich jetzt dem Orte, wo ich stand, indem sie unter beständigem Triumphgeschrei ihre Waffen schwenkte, von denen manche beschädigt und zerbrochen waren. Als sie vor dem Ti aufzog, war ich sehr gespannt, zu sehen, was nun geschehen würde; aber kaum hatte sie Halt gemacht, als mein Diener, der mich einen

Augenblick verlassen hatte, meinen Arm berührte und mich aufforderte, mit ihm nach Marheyo's Hause zurückzukehren. Ich weigerte mich, aber zu meiner Ueberraschung wiederholte Kory-Kory seine Aufforderung mit ungewöhnlicher Heftigkeit. Ich beharrte jedoch auf meiner Weigerung und wich vor ihm zurück, da er in seinem Ungestüm mir dicht auf den Leib rückte. Plötzlich fühlte ich eine schwere Hand auf meiner Schulter, und, mich umwendend, erblickte ich die riesige Gestalt des Häuptlings Momo, der sich eben von der unten versammelten Menge getrennt und das Pi-pi, auf dem wir standen, erstiegen hatte. In seine Wange war die Spitze eines Spießes gedrungen, und diese Wunde gab seinem häßlich tättowirten, schon vorher durch den Verlust eines Auges entstellten Gesichte ein noch abschreckenderes Aussehen. Ohne eine Silbe zu sprechen, deutete er zornig nach der Richtung, in der Marheyo's Haus stand; zugleich hielt mir Kory-Kory seinen Rücken hin und hieß mich aufsitzen. Dieß lehnte ich ab, erklärte jedoch meine Bereitwilligkeit, mich zu entfernen, und ging langsam der Umzäunung entlang, darüber nachsinnend, was doch die Ursache dieser ungewöhnlichen Behandlung sein möchte. Ich konnte es mir nicht anders erklären, als daß die Wilden im Begriffe ständen, einen abscheulichen Gebrauch auszuüben, bei dem sie mich nicht zum Zeugen haben wollten. Ich stieg vom Pi-pi herab und entfernte mich in Begleitung Kory-Kory's, welcher dießmal nicht sein gewöhnliches Mitleid mit mir wegen meines kranken Beines, sondern nur das Verlangen, mich so schnell als möglich von dannen zu bringen, an den Tag legte. Als ich durch die lärmende Menge schritt, welche jetzt das Ti völlig umringte, blickte ich mit ängstlicher Neugierde nach den drei Bündeln, die nun auf den Boden gelegt wurden.

Am nächsten Morgen, kurz nach Sonnenaufgang, dröhnte es durch das Thal, als ob unzählige Schaffelle unter den Schlägen einer

Armee von Trommlern ertönten *). Da ich dieses Trommeln bis jetzt nur bei einem großen Feste gehört hatte, so mußte ich annehmen, daß die Wilden jetzt im Begriffe ständen, ein anderes, und, wie ich nicht zweifelte, schreckliches Fest zu feiern. Alle Hausgenossen, mit Ausnahme Marheyo's, Tinor's und ihres Sohnes, zogen ihre Festkleider an und entfernten sich in der Richtung der Tabuhaine. Wiewohl ich meinen Wunsch nicht erfüllt zu sehen erwartete, schlug ich doch, um die Richtigkeit meines Argwohnes zu erproben, Kory-Kory vor, daß wir, wie wir es immer Morgens zu thun pflegten, einen Spaziergang nach dem Ti machen wollten. Er schlug es entschieden ab, und als ich meinen Wunsch wiederholte, äußerte er den Entschluß, mich an der Ausführung desselben zu verhindern; zugleich bot er, um mich auf andere Gedanken zu bringen, mir seine Begleitung nach dem Flusse an. So gingen wir denn dahin und badeten. Als wir in das Haus zurückkehrten, war ich erstaunt, wieder sämmtliche Bewohner desselben versammelt und, wie gewöhnlich, auf ihren Matten sitzen zu sehen, obgleich die Trommeln noch immer von den Tabuhainen her erdröhnten.

Den übrigen Theil des Tages brachte ich damit zu, in Begleitung Kory-Kory's in einem der Richtung, worin das Ti stand, entgegengesetzten Theile des Thales umherzuwandern, und wenn ich nur gegen dieses Gebäude hinblickte, obgleich es wegen der dazwischen stehenden Bäume nicht gesehen werden konnte und wenigstens eine halbe Stunde entfernt war, so rief mein Begleiter gleich: „Tabu! tabu!“ In den verschiedenen Häusern, wo wir einsprachen, fand ich viele Leute der Ruhe pflegend, oder mit einer leichten Arbeit sich beschäftigend, als ob nichts Ungewöhnliches vorginge; aber unter ihnen Allen bemerkte

*) Diese Trommeln befanden sich im Hulah-Hulah-Grunde und waren nichts Anderes, als mit Haifischhäuten überzogene hohle Baumstämme, worauf junge Männer aus Leibeskräften mit der flachen Hand schlugen.

ich keinen einzigen Häuptling oder Krieger. Als ich mehrere Personen fragte, warum sie nicht bei dem Hulah-Hulah (d. h. Feste) seien, antworteten sie mir alle, daß nur die Häuptlinge daran Theil nähmen, und nannten, um mir dieß recht deutlich zu machen, nach einander die Namen derselben. Kurz, Alles bestärkte mich in meinem Argwohne hinsichtlich der Art des Festes, das eben jetzt gefeiert wurde. Während meines Aufenthalts in Nukahiwa hatte ich oft gehört, daß nie der ganze Stamm bei diesen kannibalischen Banketten anwesend sei, sondern nur die Häuptlinge und Priester, und damit stimmten alle meine nunmehrigen Beobachtungen überein. Das Trommeln dauerte ohne Unterbrechung den ganzen Tag fort und erweckte in mir ein unbeschreibliches Gefühl des Entsetzens.

Da ich am folgenden Morgen keinen ungewöhnlichen Lärm mehr hörte, so vermuthete ich, daß das unmenschliche Fest zu Ende sei, und begierig zu erfahren, ob nicht in dem Ti und seiner Umgebung Spuren der gestrigen Vorgänge zu bemerken wären, schlug ich Kory-Kory einen Gang dahin vor. Statt der Antwort deutete er mit dem Finger auf die erst kürzlich aufgegangene Sonne und dann auf den Zenith, womit er sagen wollte, daß unser Besuch daselbst bis zum Mittage verschoben werden müsse. Kurz nach dieser Zeit machten wir uns auf den Weg nach den Tabuhainen, und so bald wir in diese eintraten, blickte ich ängstlich forschend umher, ob ich nicht etwas auf das gestrige Fest Bezügliches entdecken könnte; aber Alles war wie sonst. Bei unserer Ankunft in dem Ti fanden wir Mehewi und einige andere Häuptlinge auf den Matten sitzend, und ich wurde von denselben so freundlich als je aufgenommen. Sie machten keine Anspielung irgend einer Art auf die Vorgänge der letzten Tage, und ich selbst enthielt mich aus leicht begreiflichen Gründen ebenfalls, sie auch nur mit einem Worte zu berühren.

Nach kurzem Verweilen verabschiedete ich mich, und während ich, ehe ich das Pi-pi hinabstieg, seiner Umzäunung entlang ging, bemerkte ich ein wunderlich geschnitzeltes hölzernes Gefäß von beträchtlicher Größe, das seiner Form nach einem kleinen Canoe glich, mit einem ebenfalls hölzernen Deckel versehen und von einem kaum fußhohen Bambusgeländer umgeben war. Da dieses Gefäß bei meinem letzten Besuche im Ti noch nicht dagestanden war, so vermuthete ich einen Zusammenhang desselben mit dem gestrigen Feste, und konnte dem Drange nicht widerstehen, im Vorbeigehen das eine Ende des Deckels aufzuheben. In demselben Augenblicke riefen die Häuptlinge, die es bemerkt hatten, mit lauter Stimme: „Tabu! tabu!“ Aber der einzige Blick, den ich hineingeworfen hatte, war genügend gewesen. Meine Augen waren den unordentlich unter einander liegenden Gliedern eines frischen menschlichen Skelettes begegnet, an dessen Gebeinen da und dort noch Fleischtheilchen hingen. Kory-Kory, der mir ein wenig vorausgegangen war, drehte sich auf den Ruf der Häuptlinge alsbald um, so daß er noch das Entsetzen, das auf meinem Gesichte sich malen mußte, bemerken konnte. Er lief auf mich zu, deutete auf das Gefäß und rief schnell: „Puaki! Puaki!“ (Schwein! Schwein!) Als ob ich ihm glaubte, wiederholte ich mehreremal das genannte Wort. Die anderen Wilden, sei es, daß sie durch mein Benehmen getäuscht wurden oder ihren Unwillen über etwas, das sich nicht mehr ändern ließ, nicht äußern wollten, nahmen keine weitere Notiz von dem Vorfalle, und ich verließ sogleich das Ti.

Die ganze folgende Nacht kam kein Schlaf in meine Augen. Die letzte schreckliche Entdeckung war gemacht, und das volle Bewußtsein meiner gefährlichen Lage drang mit allen seinen Schrecken auf mich ein. Durch die Flucht mich retten zu können, hatte ich nicht die geringste Aussicht, wurde ich doch keinen Augenblick allein gelassen, nicht einmal, wenn ich von einem Hause zum andern ging, und dazu kam noch mein krankes Bein. Ich dachte an Marnu, ob dieser mir nicht doch vielleicht zum Entkommen aus meiner Gefangenschaft behülflich sein könnte; aber, fragte ich mich, wird er sich je wieder in dem Thale zeigen? und wenn er es thut, wird man mir gestatten, irgend eine Gemeinschaft mit ihm zu pflegen? Dann dachte ich an die Franzosen, welche einen Besuch in der Typibai doch wohl nicht mehr lange verschieben würden, und denen, wenn sie eine Truppenabtheilung in dem Thale aufstellten, meine Anwesenheit von den Wilden nicht in die Länge würde verheimlicht werden können. Aber welchen Grund hatte ich, zu glauben, daß ich bis zum Eintritte eines solchen Ereignisses aufgespart werden würde? — Nur Gott konnte mir helfen; Ihm befahl ich daher in inbrünstigem Gebete Leib und Seele.

Siebzehntes Kapitel.

Marnu's zweiter Besuch.

„Marnu, Marnu kommt!“ dieser erwünschte Ruf tönte etwa zehn Tage nach den zuletzt erzählten Ereignissen in meine Ohren, und ich beschloß, wenn sich der Fremde nur irgendwie darauf einließe, einen, wenn auch noch so verzweifelten Plan zu meiner Rettung aus meiner mir jetzt unerträglich gewordenen Lage mit ihm zu verabreden. Als ich ihn erblickte, fiel mir freilich die gewaltsame Abbrechung unseres früheren Gespräches schwer auf's Herz, und bei seinem Eintritt in das Haus war ich ängstlich gespannt, welche Aufnahme er bei den Bewohnern desselben finden würde. Zu meiner angenehmen Ueberraschung wurde aber seine Erscheinung mit der lebhaftesten Freude begrüßt, und mich freundlich anredend setzte er sich zwanglos neben mich und knüpfte mit den Eingeborenen um ihn her eine Unterredung an. Doch zeigte es sich bald, daß er dießmal keine wichtigen Nachrichten mitzutheilen hatte. Auf mein Befragen sagte er mir, er komme von Puiaka, seinem heimathlichen Thale, und beabsichtige noch an demselben Tage dahin zurückzukehren.

Sogleich stieg in mir der Gedanke auf, daß ich, wenn ich unter seinem Schutze in dieses Thal gelangte, von dort aus leicht zu Wasser nach Nukahiwa kommen könnte. Ich sprach gegen Marnu diesen Gedanken in so kurzen Worten als möglich aus und fragte ihn, wie derselbe wohl am besten auszuführen wäre. Aber in seinem gebrochenen Englisch entgegnete er: „die Typis Sie lassen nirgends hingehen! Warum Sie nicht gern hier sein? Schlafen die Fülle — Essen die Fülle — O, Typi sehr guter Ort! Wenn Ihnen dieses Thal nicht gefallen, warum Sie gekommen? Sie nichts gehört von Typi? alle weißen Männer fürchten Typi und nicht kommen!"

Diese Worte machten einen unbeschreiblich niederschlagenden Eindruck auf mich, und als ich ihm abermals erzählte, wie ich in das Thal gekommen sei, und durch die Schilderung meines körperlichen Leidens sein Mitgefühl rege zu machen suchte, hörte er mir ungeduldig zu und unterbrach mich endlich, indem er heftig rief: „Ich Sie nicht mehr will reden hören; sonst Typis rasend werden, Sie tödten und mich dazu. Sie nicht sehen, daß man nicht will Sie reden lassen mit mir? — Sie gesund werden, man Sie tödten, Sie essen, Ihren Kopf da aufhängen, wie Happarkrieger. — Jetzt Sie hören, aber nicht sprechen! Bald ich gehen, — Sie sehen, wohin ich gehen, ah! dann in einer Nacht alle Typis schlafen — Sie davonlaufen, Sie nach Puiaka kommen! Ich sprechen mit Puiakas — sie Ihnen kein Leid thun — ah! dann ich Sie in meinem Canoe nach Nukahiwa nehmen — und Sie nicht mehr davonlaufen von Schiff!" Mit diesen

Worten sprang er auf und begann sogleich eine Unterredung mit einigen der Häuptlinge, welche in das Haus getreten waren.

Ein vergebliches Bemühen wäre es gewesen, mein von Marnu so entschieden abgebrochenes Gespräch mit ihm wieder anknüpfen zu wollen; aber ich ergriff begierig den von ihm ausgesprochenen Gedanken und beschloß, so bald als möglich die Ausführung desselben zu versuchen. Als er daher ging, begleitete ich ihn mit den Eingeborenen zum Hause hinaus, um mir den Pfad zu merken, den er einschlagen würde. Ehe er vom Pi-pi hinabsprang, drückte er mir die Hand, blickte mich bedeutungsvoll an und rief: „Jetzt Sie sehen, — Sie thun, was ich sage — ah! dann Sie thun gut; — Sie nicht so thun — ah! dann Sie sterben!“ Im nächsten Augenblicke schwenkte er zum Abschiede seinen Spieß gegen die Insulaner, und den Pfad einschlagend, der nach einem Hohlwege in den dem Happargebiete gegenüber liegenden Bergen führte, war er mir bald aus dem Gesichte verschwunden.

Ein Plan zur Flucht war mir jetzt an die Hand gegeben, aber wie sollte ich ihn in's Werk setzen? Auch in den dem Schlafe gewidmeten Stunden war ich beständig von Eingeborenen umgeben, und selbst die kleinste Bewegung, die ich machte, schien ihre Aufmerksamkeit zu erregen. Aber trotz dem war ich fest entschlossen, einen Versuch zu wagen. Wollte ich übrigens einen solchen mit irgend einer Aussicht auf Erfolg machen, so mußte ich bei meiner Leibesschwäche und meiner mangelhaften Kenntniß des Weges wenigstens einen Vorsprung von zwei Stunden haben. Schon aus diesem Grunde war nur zur Nachtzeit ein Versuch möglich.

In Marheyo's Haus trat man durch eine im Flechtwerke der Vorderseite gelassene schmale Oeffnung ein. Vor diese wurde, ehe man sich zum Schlafe niederlegte, ein schweres, aus vielen künstlich zusammengebundenen Hölzern bestehendes Thürstück geschoben. Ging nun Jemand hinaus, so weckte das Geräusch, welches das Zurückschieben dieser rohen Thüre verursachte, alle Uebrigen auf. Das Hinderniß, welches dieser Umstand meiner Flucht entgegenstellte, gedachte ich auf folgende Art zu überwinden. Ich wollte in dem Laufe der Nacht ohne Weiteres aufstehen, das Thürstück zurückschieben und aus dem Hause hinausgehen, wie wenn ich keine andere Absicht hätte, als aus dem Flaschenkürbisse zu trinken, der stets mit Wasser gefüllt außerhalb des Hauses auf der Ecke des Pi-pi's stand. Bei meiner Rückkehr wollte ich das Thürstück nicht wieder vorschieben, und, während die Bequemlichkeit der Insulaner sie hoffentlich abhielt, das von mir Unterlassene selbst zu thun, mich auf meine Matten legen und geduldig warten, bis wieder Alle schliefen; dann wollte ich hinausschleichen und so rasch als möglich den Weg nach Puiaka einschlagen.

Schon in der Nacht, die auf Marnu's Besuch folgte, machte ich einen Versuch zur Ausführung dieses Planes. Etwa um Mitternacht stand ich auf und schob die Thüre zurück. Ganz wie ich erwartet hatte, fuhren die Eingeborenen auf, und einige fragten: „Wohin gehst Du, Tommo?" — „Wasser!" antwortete ich lakonisch und griff nach dem Flaschenkürbisse. Auf diese Erwiederung legten sie sich wieder nieder, und nach einer oder zwei Minuten kehrte ich auf meine Matte zurück, den Erfolg meines Versuches ängstlich abwartend. Einer nach dem Andern schien wieder einzuschlafen, und als es völlig stille geworden war, dachte ich eben daran, mich zu erheben, als ich ein leises Rascheln hörte und zwischen mir und dem Hauseingang eine dunkle Gestalt sichtbar wurde, welche das Thürstück vorschob und dann eben so leise zu ihrem Lager zurückkehrte. Dieß war ein schwerer Schlag für mich, und um nicht Verdacht zu erregen, durfte ich in dieser Nacht keinen Versuch mehr wagen. Dagegen machte ich später noch mehrere, aber mit keinem günstigeren Erfolge, und endlich setzte

Kory-Kory jeden Abend einen Flaschenkürbiß mit Wasser neben mich. Nichtsdestoweniger erneuerte ich unter anderen Vorwänden meine Versuche immer und immer wieder; aber nun stand mein Diener jedesmal mit mir auf, als ob er entschlossen wäre, mich nicht aus den Augen zu lassen. Für jetzt mußte ich daher von ferneren ähnlichen Experimenten abstehen, suchte mich aber mit der Hoffnung zu trösten, vielleicht doch noch auf diesem Wege meine Flucht bewerkstelligen zu können.

Nicht lange nach Marnu's Besuche erreichte jedoch mein Fußübel einen solchen Grad, daß ich selbst mit Hülfe eines Spießes nur sehr mühsam gehen konnte, und Kory-Kory mich wieder, wie früher, täglich nach dem Flusse tragen mußte. Stundenlang lag ich in der wärmsten Tageszeit auf meiner Matte, und während die um mich her fast Alle behaglich schliefen, blieb ich wach und gab mich nur zu oft einem schwermüthigen Brüten über meine Lage hin, aus der ich nun gar keinen Ausweg mehr sah. Stellte ich mir vor, daß ich wohl im besten Falle, wenn auch kein gewaltsamer Tod mich träfe, doch den Rest meines Lebens, abgeschnitten von jedem Verkehre mit der civilisirten Welt, auf dieser entlegenen Insel verleben müßte; gedachte ich vollends der Tausende von Stunden entfernten Freunde in der Heimath, welche vielleicht mein Schicksal nie erfahren und, wenn ich längst nicht mehr wäre, noch immer auf meine Rückkehr hoffen würden, — so konnte ich mich einer wahren Herzensangst nicht erwehren.

Wie tief ist meinem Gedächtnisse jeder Gegenstand, auf den in jenen langen Tagen des Leidens meine Blicke fielen, eingeprägt! Auf meine Bitte wurden meine Matten immer dem Eingange des Hauses gegenüber gelegt, vor welchem in kleiner Entfernung die Hütte von Zweigen sich befand, an der Marheyo baute, und lange beobachtete ich oft jede Bewegung des seltsamen Alten. Während in der heißen Mittagszeit alle Anderen der Ruhe pflegten, setzte er seine stille Beschäftigung fort, indem er, im Schatten sitzend, die Blätter seiner Kokosnußzweige zusammenflocht, oder auf seinem Knie die in einander geschlungenen Rindenfasern rollte, um daraus die Stränge zu bereiten, womit er die Bedeckung seines Hüttchens zusammenbinden wollte. Oft, wenn er mein schwermüthiges Auge auf sich gerichtet sah, unterbrach er seine Arbeit, erhob die Hand zu einer tiefes Mitleid ausdrückenden Geberde, kam dann langsam auf das Haus zu und trat, um die Schläfer nicht zu wecken, auf den Zehenspitzen herein. Dann nahm er mir meinen Fächer aus der Hand, setzte sich vor mich, bewegte ihn sachte hin und her und blickte mir forschend in's Gesicht.

Gerade jenseits des Pi-pi's und ein Dreieck vor dem Hauseingange bildend, standen drei prächtige Brodfruchtbäume. Noch jetzt, mitten in dem Lärme der stolzen, geräuschvollen Stadt, in der ich wohne, ist es mir manchmal, als ob ich die schlanken Stämme jener Bäume, auf denen in den Stunden meines einsamen Sinnens meine Blicke Tag für Tag ruhten, vor mir sähe und das leise Säuseln des Windes in ihren Zweigen hörte.

Achtzehntes Kapitel.

Die Befreiung.

Beinahe drei Wochen waren seit Marnu's zweitem Besuche verstrichen, und ich mußte mich nun schon seit mehr als vier Monaten in dem Thale befinden, als eines Tags, in der tiefen Stille der Mittagssiesta, plötzlich der einäugige Häuptling Momo an der Thüre erschien und gegen mich, der ich ihm gerade gegenüber lag, sich vorwärts beugend, leise sagte: „Toby ist gekommen!“ Welch' ein Sturm von Empfindungen erhob sich bei diesen Worten in meiner Brust! Unempfindlich gegen die Schmerzen, die mich quälten, sprang ich auf und rief stürmisch den Namen Kory-Kory's, der neben mir ruhte. Sämmtliche Hausbewohner erhoben sich von ihren Matten, die überraschende Nachricht wurde ihnen mitgetheilt, und im nächsten Augenblicke ritt ich auf Kory-Kory's Rücken, umringt von den aufgeregten Eingeborenen, dem Ti zu.

Von Allem, was Momo den übrigen Eingeborenen unterwegs mittheilte, konnte ich nur so viel verstehen, daß mein längst verlorener Gefährte soeben auf einem Boote in die Bai eingefahren sei. Diese Nachricht erregte in mir das sehnliche Verlangen, sogleich an das Meer getragen zu werden, damit nicht durch irgend einen ungünstigen Umstand unser Zusammentreffen verhindert würde. Aber darauf ließen sich meine Begleiter nicht ein, sondern setzten ihren Lauf nach der Wohnung des obersten Häuptlings fort. Als wir uns derselben näherten, zeigten sich Mehewi und mehrere andere Häuptlinge auf der Veranda und riefen uns, zu ihnen zu kommen. Sobald wir bei dem Ti angelangt waren, gab ich ihnen zu verstehen, daß ich an die See wolle, um mit Toby zusammenzutreffen. Mehewi erklärte sich aber dagegen und winkte Kory-Kory, mich in's Haus zu bringen. Widerstand wäre vergeblich gewesen, und nach wenigen Augenblicken befand ich mich in dem Ti, umgeben von einer lärmenden Schaar, welche die eingetroffene Nachricht auf's lebhafteste besprach. Toby's Name wurde mit heftigen Ausrufungen der Verwunderung häufig genannt. Es schien übrigens, als bezweifelten sie noch die Thatsache seiner Ankunft, und bei jeder neuen Botschaft, die von der Küste kam, verriethen sie die lebhafteste Bewegung.

Fast außer mir vor Aufregung, bat ich Mehewi auf's dringendste, mich meinem Freunde entgegeneilen zu lassen. Mochte nun dieser angekommen sein oder nicht, es ahnte mir, daß mein Schicksal sich jetzt entscheiden würde. Immer und immer wieder erneuerte ich meine Bitte an Mehewi. Er betrachtete mich mit festem, ernstem Blicke; endlich aber gab er meinem Dringen nach und bewilligte widerstrebend meine Bitte.

Von etwa fünfzig Eingeborenen begleitet, setzte ich nun meine Reise rasch fort, indem ich immer nach einer kurzen Strecke von einem Rücken auf den andern überging und unaufhörlich zur Eile trieb. Da ich während meines ganzen Aufenthalts in dem Thale mich dem Meere hatte niemals nähern dürfen, so hatte sich mir mit demselben stets der Gedanke an Flucht verknüpft. Auch Toby, wenn er wirklich freiwillig mich verlassen hatte, mußte auf der See entkommen sein, und nun, da ich selbst ihr entgegeneilte, erwachten Hoffnungen in mir, wie nie zuvor. Offenbar war ein Boot in die Bai eingelaufen, und ich hatte wenig Grund, die Wahrheit der Nachricht zu bezweifeln, daß mein Freund mit demselben gekommen sei. So oft wir daher auf eine Anhöhe kamen, sah ich mich, in der Hoffnung ihn zu erblicken, begierig um.

In raschem Laufe, während dessen ich mich oft bücken mußte, um überhängenden Zweigen auszuweichen, hatten wir einen Weg von ungefähr zwei Stunden zurückgelegt, als wir einer Schaar von etwa zwanzig Eingeborenen begegneten, welche mit meinen Begleitern eine lebhafte Unterredung anknüpften. Ungeduldig über den dadurch entstandenen Aufenthalt, drang ich in den Mann, der mich eben trug, ohne seine zögernden Gefährten mit mir weiter zu gehen; da rannte Kory-Kory zu mir heran und meldete mir in drei verhängnißvollen Worten, daß die Kunde von Toby's Ankunft unrichtig sei. Welch' ein Donnerschlag war das für mich! Zwar war mir diese Nachricht nicht ganz unerwartet, aber ich hatte gehofft, der Irrthum würde wenigstens nicht offenbar werden, ehe wir die Küste erreichten. Nun wußte ich zum voraus, was die Eingeborenen thun würden. Hatten sie doch meinen Bitten nur zu dem Zwecke nachgegeben, damit ich meinen Freund nach seiner langen Abwesenheit begrüßen könnte, und es war also mit Gewißheit zu erwarten, daß sie mich jetzt sogleich zur Rückkehr würden nöthigen wollen.

Meine Besorgniß war nur zu sehr gegründet. Trotz meines Widerstrebens trugen sie mich in ein Haus unweit des Ortes, wo wir Halt gemacht hatten, und hießen mich auf die Matten niedersitzen. Kurz darauf trennten sich mehrere derjenigen, welche mich von dem Ti aus begleitet hatten, von den übrigen, und eilten in der Richtung nach der See weiter. Die Zurückbleibenden, zu denen Marheyo, Momo, Kory-Kory und Tinor gehörten, sammelten sich um die Wohnung und schienen die Rückkehr der Ersteren erwarten zu wollen. Dieß befestigte mich in meiner Ueberzeugung, daß jedenfalls Fremde, vielleicht Landsleute von mir, in der Bai angekommen seien. Ohne daher auf die Versicherungen der Insulaner, daß sich keine Boote in der Bai befänden, zu achten, sprang ich auf und suchte durch die Thüre zu kommen. Sogleich wurde diese von mehreren Männern besetzt, welche mir geboten, meinen Sitz wieder einzunehmen, und die trotzigen Blicke der gereizten Wilden erinnerten mich, daß ich nicht durch Gewalt, sondern lediglich durch Bitten meinen Zweck zu erreichen hoffen könne. Ich wandte mich daher an Momo, den einzigen anwesenden Häuptling, und beschwor ihn, meine wahre Absicht sorgfältig verbergend, daß er mir doch erlauben möchte, meinen Freund Toby am Meere zu begrüßen. Gegen seine wiederholten Versicherungen, daß Toby nicht gesehen worden sei, blieb ich taub, während ich meine Bitten mit Geberden begleitete, deren Beredtsamkeit der einäugige Häuptling am Ende nicht widerstehen zu können schien. Er sprach mit den Männern, welche die Thüre besetzt hielten, einige Worte, worauf sie sogleich zum Hause hinausgingen.

Begierig blickte ich mich jetzt nach Kory-Kory um, aber dieser war nirgends zu sehen. Um jede Verzögerung abzuschneiden, da ein einziger Augenblick entscheidend sein konnte, winkte ich einem starken Burschen in meiner Nähe, mich auf den Rücken zu nehmen; aber zu meiner Ueberraschung weigerte er sich zornig. Ich wandte mich an einen Anderen, jedoch ohne besseren Erfolg. Ebenso vergeblich war ein dritter Versuch, und nun erkannte ich erst, daß Momo mir nur darum nachgegeben hatte, weil er dachte, für mich allein könne ich doch die Küste nicht erreichen. Ich kam in eine wahre Verzweiflung, und der heftigen Schmerzen an meinem Beine nicht achtend, ergriff ich einen Spieß, der an der vorspringenden Dachrinne des Hauses lehnte, und ihn als Stab gebrauchend, schlug ich den Fußpfad ein, der an dem Hause vorbeiführte. Zu meiner Verwunderung ließ man mich allein gehen. Sämmtliche Eingeborenen blieben vor dem Hause stehen, in einer eifrigen Unterredung begriffen, die immer lauter wurde. Zu meiner großen Freude bemerkte ich, daß eine Meinungsverschiedenheit zwischen ihnen bestand, und zwei Parteien sich bildeten, woraus ich neue Hoffnung schöpfte.

Ehe ich hundert Ellen weit gekommen war, sah ich mich auf's neue von den Wilden umringt, welche einen so heftigen Wortwechsel unter einander führten, daß es aussah, als könnte es jeden Augenblick zu Schlägen kommen. Mitten in diesem Tumulte trat der alte Marheyo an meine Seite, und nie werde ich das herzliche Wohlwollen vergessen, das in jenen Augenblicken aus seinem Gesichte leuchtete. Er legte den Arm auf meine Schulter und sprach mit Nachdruck die zwei einzigen englischen Wörter aus, die ich ihn gelehrt hatte: „Heimath" und „Mutter". Sogleich verstand ich, was er meinte, und gab ihm meinen innigsten Dank zu erkennen. Kory-Kory und Fayaway gingen, heftig weinend, neben ihm her, und erst, nachdem der Greis seinen Befehl wiederholt hatte, konnte der Erstere es über sich gewinnen, ihm zu gehorchen und mich wieder auf den Rücken zu nehmen. Der einäugige Häuptling wollte es nicht leiden, wurde aber, und zwar, wie mir schien, durch Einige von seiner eigenen Partei, zum Nachgeben bewogen.

Nun ging es rascher vorwärts, und unaussprechlich war meine Freude, als ich zum ersten Male wieder das Rauschen der Brandung hörte. Bald darauf sah ich durch die Oeffnungen zwischen den Bäumen die blitzenden Wogen selbst. O du herrliches Meer! mit welchem Entzücken begrüßte ich dich als trauten alten Freund! Jetzt ließ sich auch das Geschrei der an der Küste versammelten Menge deutlich vernehmen, und es war mir fast, als könnte ich in dem wirren Durcheinander der Töne einzelne Klänge meiner Muttersprache unterscheiden.

Als wir auf den offenen Raum kamen, der zwischen den Gehölzen und dem Meere lag, war der erste Gegenstand, der mir in's Auge fiel, das Boot eines englischen Wallfischfängers, das nur einige Faden weit vom Ufer entfernt war. Es war mit fünf Insulanern bemannt, welche kurze Kattuntunika's trugen. Zuerst kam es mir vor, als ruderten sie eben wieder aus der Bai weg, und als wäre ich nach allen meinen Anstrengungen doch zu spät gekommen. Ich erschrack heftig; aber ein zweiter Blick überzeugte mich, daß das Boot sich nur außerhalb der Brandung hielt, und im nächsten Augenblicke hörte ich von einer Stimme mitten aus der Menge heraus meinen Namen rufen. Als ich der Richtung des Schalles mit den Augen folgte, erblickte ich zu meiner unbeschreiblichen Freude die hohe Gestalt Karakoi's, eines Eingeborenen der Sandwichinsel Oahu, der, während die „Dolly“ in der Bai von Nukahiwa lag, oft an Bord derselben gewesen war. Er trug die grüne Jägerjacke mit vergoldeten Knöpfen, welche er von einem Offiziere der Reine Blanche, des französischen Flaggenschiffes, zum Geschenke bekommen, und in der ich ihn stets gesehen hatte. Ich erinnerte mich jetzt, oft von ihm gehört zu haben, daß seine Person in allen Thälern der Insel „tabu" sei, und sein Anblick erfüllte mich in einem Augenblicke, wie dieser war, mit wahrhaft stürmischem Entzücken. Er stand am Rande des Wassers, ein großes Stück Baumwollenzeug auf dem Arme, und zwei oder drei cannevassene Pulversäckchen in einer Hand, während er in der anderen eine Muskete hielt. Diese Gegenstände bot er mehreren um ihn her stehenden Häuptlingen an; aber alle wiesen sie mit Widerwillen zurück und hießen ihn mit heftigen Geberden in sein Boot steigen und sich davon machen. Karakoi aber behauptete noch seinen Standpunkt, und ich merkte auf einmal, daß er mir meine Freiheit zu erkaufen suchte. Ermuthigt durch diesen Gedanken, rief ich ihm laut, zu mir zu kommen; aber er antwortete in gebrochenem Englisch, die Eingeborenen hätten ihm gedröht, ihn mit ihren Spießen zu durchbohren, wenn er einen Schritt auf mich zu machen würde. Ich wurde um diese Zeit noch immer vorwärts getragen, umringt von einem dichten Haufen Eingeborener, von denen mehrere mich festhielten, und mehr als Ein Wurfspieß war drohend auf mich gerichtet. Doch bemerkte ich deutlich, daß manche von denen, die sich am unfreundlichsten gegen mich zeigten, unentschlossen und besorgt aussahen.

Noch war ich etwa dreißig Ellen von Karakoi entfernt, als mein weiteres Vordringen von den Eingeborenen verhindert wurde, welche mich zwangen, auf den Boden niederzusitzen, während sie fortfuhren, mich an den Armen zu halten. Der Lärm und das Getümmel verzehnfachte sich nun, und ich bemerkte, daß mehrere Priester anwesend waren, welche offenbar in Momo und die anderen Häuptlinge drangen, mich nicht fortzulassen. Zugleich sah ich jedoch, daß Karakoi noch immer auf meine Freilassung hinarbeitete, daß er die Sache mit den Wilden kühn besprach und sie für seinen Zweck zu gewinnen suchte, indem er ihnen bald den Baumwollenzeug und die Pulversäckchen hinhielt, bald den Hahn an der Muskete knacken ließ. Aber Alles, was er sagte und that, steigerte nur das Geschrei derer um ihn her, welche fest entschlossen schienen, ihn unverrichteter Dinge auf die See zurückzutreiben.

Wenn ich bedachte, welch' außerordentlichen Werth diese Leute auf die Gegenstände legten, die ihnen als Lösegeld für mich angeboten wurden, und wie entschieden sie dieselben dennoch zurückwiesen, so sah ich darin einen neuen Beweis ihres unwandelbaren Entschlusses, mich nicht mehr aus ihrem Thale zu entlassen. Mit verzweifelter Anstrengung und der möglichen Folgen nicht achtend, riß ich mich daher von denen, die mich hielten, los, sprang auf und stürzte auf Karakoi zu. Dieß wäre mir aber beinahe übel bekommen. Aus Besorgniß, ich möchte ihnen entwischen, erhoben mehrere Typis ein lautes Geschrei, warfen sich unter schrecklichen Drohungen auf Karakoi und drängten ihn wirklich in's Meer. Erschrocken über ihren Ungestüm, suchte der arme Bursche, bis zum Gürtel im Wasser stehend, sie zu beruhigen; endlich aber, eine Gewaltthat von ihnen fürchtend, winkte er seinen Kameraden, alsbald herbeizurudern und ihn in das Boot zu nehmen.

In diesem angstvollen Augenblicke entwich mir jeder Hoffnungsstrahl. Aber ein neuer Streit erhob sich zwischen den zwei Parteien, die mich an die Küste begleitet hatten. Schläge fielen und blutige Wunden wurden geschlagen. Die Theilnahme, welche dieser Kampf erweckte, lockte Alle aus meiner Nähe, mit Ausnahme Marheyo's, Kory-Kory's und Fayaway's. Jetzt oder nie! rief es in mir. Mit gefalteten Händen blickte ich Marheyo flehentlich an und ging dann auf das jetzt fast verlassene Ufer zu. Thränen glänzten in den Augen des alten Mannes, aber weder er, noch Kory-Kory suchte mich zu halten, und bald erreichte ich Karakoi, der meine Bewegungen mit ängstlicher Spannung beobachtet hatte. Die Ruderer brachten das

Boot dem Lande so nahe, als es die Brandung nur immer erlaubte, und nachdem ich meinen Freunden noch ein Lebewohl zugewinkt hatte, sprang ich mit Karakoi hinein, der die Ruderer ohne Verzug abstoßen hieß. Marheyo, Kory-Kory und viele Frauenspersonen folgten mir in das Wasser, und ich beschloß, da ich ihnen kein anderes Zeichen meiner Dankbarkeit geben konnte, sie mit den zu meinem Lösegelde bestimmten Gegenständen zu beschenken. Ich überreichte daher die Muskete Kory-Kory, warf den Baumwollenzeug Marheyo zu, indem ich dabei auf Fayaway deutete, welche sich von dem Rande des Wassers zurückgezogen hatte und weinend auf einem Steine saß, und ließ die Pulversäckchen in die Hände der zunächststehenden Frauenspersonen hinabgleiten, welche alle zur Annahme derselben sich höchst bereitwillig zeigten. Diese Vertheilung nahm keine halbe Minute ein, und ehe sie vorüber war, befand sich das Boot schon in vollem Gange. Vergebens hatte Karakoi während derselben laut gegen diese, wie er sagte, nutzlose Verschleuderung werthvoller Waaren protestirt.

Obgleich meine Bewegungen offenbar von mehreren Eingeborenen bemerkt worden waren, hatten die kämpfenden Parteien doch nicht von einander abgelassen, und erst, als das Boot schon mehr als fünfzig Ellen von der Küste entfernt war, stürzten sich Momo und sechs oder sieben andere Krieger in das Meer und schleuderten ihre Wurfspieße nach uns. Einige von diesen fuhren dicht an uns vorüber, aber Niemand wurde verwundet, und meine Insulaner ruderten aus Leibeskräften. Obgleich wir übrigens bald aus dem Bereiche der Wurfspieße kamen, so ging es bei uns doch äußerst langsam vorwärts, da der Wind uns entgegen war. Ueberdieß sah ich Karakoi, der das Steuer führte, oft nach einem Landvorsprunge in der Bai blicken, um den wir rudern mußten.

Eine oder zwei Minuten, nachdem wir aus dem Bereiche der insulanischen Wurfgeschoße gekommen waren, blieben die Eingeborenen, welche verschiedene Gruppen gebildet hatten, ganz still und regungslos. Plötzlich aber zeigte der wüthende Momo durch seine Geberden, daß er sich einen neuen Verfolgungsplan entworfen hatte. Seinen Genossen laut zurufend und mit seiner Kriegskeule nach der Landspitze deutend, schlug er in vollem Laufe diese Richtung ein. Ungefähr dreißig Männer, unter denen mehrere Priester waren, folgten ihm mit gellendem Geschrei. Ihre Absicht war augenscheinlich, von der Landspitze in die See hinaus zu schwimmen und sich unserer Weiterfahrt zu widersetzen. Der Wind, der uns gerade in's Gesicht blies, wurde mit jeder Minute stärker, und die See ging so hoch, daß es sehr schwer zu rudern war. Als wir noch etwa hundert Ellen von der Landspitze entfernt waren, sprangen die behenden Wilden bereits in's Wasser, und wir mußten befürchten, innerhalb fünf Minuten einen Schwarm derselben um uns zu haben. Geschah dieß, so waren wir verloren; denn wir wußten wohl, daß sie dann ein Manöver, das schon so mancher Bootsmannschaft in diesen Meeren verderblich geworden war, in Anwendung bringen, nämlich der Ruder sich bemächtigen und das Boot umstürzen würden, wodurch sie uns völlig in ihre Gewalt bekamen. Beide Parteien strengten daher ihre äußersten Kräfte an. Meine Insulaner handhabten ihre Ruder mit solcher Macht, daß diese sich bogen, und der wüthende Schwarm der Schwimmer schoß trotz der heftigen Aufregung der See mit furchtbarer Schnelligkeit durch das Wasser.

Als wir bei der Landspitze anlangten, sahen wir die Wilden gerade vor uns im Wasser zerstreut. Unsere Ruderer zogen ihre Messer hervor und nahmen sie zwischen die Zähne, während ich den Bootshaken ergriff. Nach einigen athemlosen Augenblicken sah ich den athletischen Momo, seine Kriegskeule zwischen den Zähnen, mit gewaltiger Kraft auf unser Boot zuschwimmen. Er war uns am nächsten, — noch einen Augenblick, so hätte er eines unserer Ruder gepackt. Zwar empfand ich selbst in diesem verhängnißvollen Moment einen heftigen Widerwillen gegen die That, die ich ausführen wollte; aber die Noth zwang mich dazu, und sicher zielend stieß ich aus Leibeskräften den Bootshaken nach dem Häuptlinge. Ich traf ihn gerade unter dem Halse, und er verschwand im Wasser. Ich hatte keine Zeit, meinen Stoß zu wiederholen, sah ihn aber im Kielwasser unseres Bootes wieder auftauchen, und der grimmige Ausdruck seines Gesichtes wird mir unvergeßlich bleiben.

Nur noch einer der Wilden erreichte das Boot. Er faßte den Rand desselben, aber unsere Ruderer bearbeiteten seine Handgelenke mit ihren Messern so wacker, daß er ihn wieder fahren ließ, und in der nächsten Minute waren wir an Allen vorüber und in Sicherheit. Die heftige Aufregung, welche mich bis dahin aufrecht erhalten hatte, verließ mich nun, und ich sank ohnmächtig in Karakoi's Arme.

* * *

Die Umstände, welche mein höchst unerwartetes Entkommen vorbereiteten, kann ich in aller Kürze angeben. Der Kapitän eines australischen Wallfischfängers, der nicht wußte, wie er in diesen entlegenen Meeren seinen Abgang an Mannschaft ersetzen sollte, war zu diesem Zwecke in die Bai von Nukahiwa eingelaufen. Aber auch hier konnte er keinen einzigen Mann bekommen, und er wollte eben wieder unter Segel gehen, als Karakoi zu ihm an Bord kam, dem in seiner Hoffnung getäuschten Engländer mittheilte, daß ein amerikanischer Matrose in dem nahen Typithale gefangen gehalten werde, und sich anbot, wenn er mit geeigneten Tauschartikeln versehen würde, die Loskaufung desselben zu versuchen. Karakoi hatte meine Lage von Marnu erfahren, der also doch noch ein Werkzeug zu meiner Be-

freiung geworden war. Der Kapitän nahm den ihm gemachten Vorschlag an, und Karakoi kam mit fünf Tabuinsulanern von Nukahiwa wieder an Bord des Schiffes, das wenige Stunden darauf nach dem Eingange der Typibai segelte. Von da aus ruderte das mit den Tabuinsulanern bemannte Boot durch die Bai dem Lande zu, während das Schiff auf seine Rückkunft wartete.

Als wir nach den oben geschilderten Ereignissen die „Julia“ erreichten, wurde ich an Bord derselben gehoben, und mein Aussehen war seltsam genug, um Aller Blicke auf mich zu ziehen. Um nämlich meine wenigen Kleidungsstücke für den Fall meiner Rückkehr unter civilisirte Menschen in einem brauchbaren Zustande zu erhalten, hatte ich dieselben bald nach Toby's Verschwinden abgelegt und in einem Bündel, der gerade über meinem Lager an das Dach hinaufgezogen wurde, aufbewahrt. Von nun an trug ich zu Hause eine vom Gürtel bis zu den Füßen reichende Tunica von gelbem Tappazeuge, zu der ich, wenn ich ausging, noch einen weiten Mantel von demselben Stoffe fügte, welcher meine ganze Person einhüllte und gegen die Strahlen der Sonne schützte. Statt des Hutes aber trug ich eine selbstverfertigte Kopfbedeckung von Palmenblättern. Zu diesem wunderlichen Aufzuge, in dem ich jetzt an Bord der „Julia“ erschien, kam noch, daß ich während meines ganzen Aufenthalts unter den Wilden von meinem Rasierzeuge keinen Gebrauch gemacht hatte. Kein Wunder daher, daß meine Erscheinung auf dem Schiffe nicht wenig Aufsehen erregte. Besonders jedoch fand die Erzählung meiner bestandenen Abenteuer die lebhafteste Theilnahme, und alle erdenkliche Aufmerksamkeit wurde mir erwiesen; aber so weit war ich in meinen Gesundheitsumständen herabgekommen, daß drei Monate bis zu meiner Wiedergenesung vergingen.

Ich blieb noch mehr als zwei Jahre in der Südsee. Einige Zeit nach meiner Wiederankunft in New-York gab ich die Geschichte meiner Abenteuer und Leiden im Drucke heraus*), ohne zu ahnen, daß dadurch das geheimnißvolle Dunkel, welches für mich das Schicksal des auch von Anderen lange verloren geglaubten Toby's umhüllte, aufgehellt werden würde. Doch so geschah es. Meine Schrift führte mir im Sommer 1846 zu meiner großen Freude den Gefährten meiner Abenteuer zu, und der Inhalt des nächsten und letzten Kapitels ist nur eine Nacherzählung dessen, was ich aus seinem eigenen Munde gehört habe.

Neunzehntes Kapitel.

Toby's Geschichte.

An dem Morgen, wo Toby mich verließ, wurde er von vielen Eingeborenen begleitet, zu denen unterwegs immer neue Schaaren sich gesellten. Während das Thal von ihrem Rufen und Schreien widerhallte, eilten sie in vollem Laufe vorwärts, und die Vorderen blieben hie und da stehen und schwenkten ihre Waffen, um die Nachkommenden zur Eile anzutreiben. Plötzlich kamen sie an eine Stelle, wo der Pfad über einen Arm des das Thal durchströmenden Hauptflusses führte. Hier ließ sich von dem jenseitigen Gehölze aus ein befremdliches Geräusch hören, und die Insulaner machten Halt. Es kam von Momo, der vorausgeeilt war und drüben seinen schweren Spieß gegen den hohlen Ast eines Baumes stieß. Dieß war ein Allarmsignal;

*) In einer ausführlichen Schrift in englischer Sprache, welcher später der Inhalt unseres letzten Kapitels als Anhang beigegeben wurde, und aus der wir in diesen Blättern unsern Lesern das Interessanteste mittheilen.

denn man hörte jetzt nichts mehr, als das Geschrei: „Happar, Happar!“ Die Krieger legten ihre Spieße ein oder schwangen sie in der Luft, während die Weiber und Kinder einander zuriefen und die Steine im Flußbett aufhoben. Nach wenigen Augenblicken stürzte Momo mit zwei oder drei anderen Häuptlingen aus dem Gehölze hervor, und der Lärm wurde noch größer.

Da Toby unbewaffnet war, so bat er einen der jungen Männer, die in Marheyo's Hause wohnten, ihm seinen Spieß zu leihen. Dieser aber entgegnete ihm, der Spieß sei ganz gut für ihn selbst, ein weißer Mann aber könne viel besser mit seinen Fäusten kämpfen. Die heitere Laune des jungen Schalkes schien von den Uebrigen getheilt zu werden; denn trotz ihres kriegerischen Geschrei's und Geberdenspiels machten sie die lustigsten Sprünge und lachten laut, als wäre es der größte Spaß von der Welt, ein paar Dutzend Happarwurfspieße aus einem Hinterhalt im Dickichte zu erwarten. Während mein Kamerad vergebens zu erforschen suchte, was alles das zu bedeuten habe, trennte sich eine bedeutende Anzahl der Eingeborenen von den Uebrigen und rannte in das Gehölz; die Zurückgebliebenen aber verhielten sich jetzt ganz ruhig, als erwarteten sie den Erfolg dieser Unternehmung. Nach einer Weile jedoch winkte ihnen Momo, der vorne stand, leise vorwärts zu kommen, was sie auch so gut ausführten, daß kaum ein Läubchen raschelte. So schlichen sie sich zehn bis fünfzehn Minuten lang vorwärts, indem sie immer von Zeit zu Zeit stillhielten und horchten.

Toby liebte dieses Versteckspielen keineswegs; sollte es zu einem Gefechte kommen, so wäre es ihm lieber gewesen, wenn es gleich begonnen hätte. Doch Alles hat seine Zeit; denn gerade als sie in den dichtesten Theil des Gehölzes kamen, erscholl von allen Seiten ein furchtbares Geheul, und ganze Salven von Wurfspießen und Steinen flogen über den Fußpfad hin. Aber kein Feind ließ sich sehen, und was noch auffallender war, Niemand stürzte, obgleich die Steine wie Hagel zwischen die Blätter fielen.

Einen Augenblick hielten die Typi's stille, worauf sie, die Spieße in der Hand, mit wildem Geschrei auf den Hinterhalt zustürzten. Toby blieb nicht dahinten. Da nicht viel fehlte, daß die Steine ihm den Schädel eingeschlagen hätten, und er zudem noch einen alten Strauß mit den Happars auszufechten hatte, so war er einer der ersten unter den Vordringenden. Während er sich aber durch das Unterholz Bahn brach und dabei einem jungen Häuptling einen Spieß aus der Hand zu winden suchte, erstarb plötzlich das Schlachtgeschrei, und eine Todesstille trat im Walde ein. Im nächsten Augenblicke huschten diejenigen, welche die Uebrigen so geheimnißvoll verlassen hatten, hinter jedem Baum und Busch hervor und brachen sammt den Zurückgebliebenen in ein schallendes Gelächter aus, das kein Ende nehmen wollte.

Das Ganze stellte sich als ein bloßes Possenspiel heraus, und der vor Aufregung ganz athemlose Toby war sehr böse, so zum Besten gehalten worden zu sein, um so mehr, als diese Komödie so viel Zeit hinweggenommen hatte, während doch jeder Augenblick wichtig für ihn sein konnte. Vielleicht war aber eben das Letztere theilweise die Absicht der Eingeborenen gewesen; denn auch als sie sich jetzt wieder auf den Weg machten, beeilten sie sich nicht mehr so wie früher. Nachdem sie wieder eine Strecke weit gegangen waren, kamen zwei Männer auf sie zugelaufen, worauf Alle Halt machten und eine kurze, aber lärmende Unterredung stattfand, bei der Toby's Name oft genannt wurde. Alles dieses machte ihn immer begieriger, zu erfahren, was an der Küste vorginge; aber vergebens versuchte er, voranzueilen, — die Eingeborenen hielten ihn zurück.

Nachdem die Berathung vorüber war, rannten Viele den Pfad hinab dem Meere zu; die Uebrigen aber umringten Toby und drangen in ihn, sich niederzusetzen und auszuruhen. Mehrere Flaschenkürbisse mit Eßwaaren, welche man mitgenommen hatte, wurden auf den Boden gesetzt, und Pfeifen angezündet. Eine Weile zügelte Toby seine Ungeduld; dann aber sprang er auf und stürzte wieder vorwärts. Allein er wurde bald eingeholt und wieder umringt; doch ließ man ihn jetzt ohne ferneren Aufenthalt den Weg nach der See fortsetzen.

Endlich kamen sie auf einen lichten grünen Platz zwischen den Gehölzen und dem Meere, und zwar dicht bei den Happarbergen, wo ein geschlängelter Pfad sichtbar wurde, der sich in eine Schlucht verlor. Von einem Boote aber war keine Spur zu erblicken; nur eine lärmende Menge von Männern und Weibern sah man und Einen in ihrer Mitte, der eifrig mit ihnen redete. Als Toby sich näherte, trat dieser auf ihn zu, und es zeigte sich, daß er ihm nicht fremd war. Es war ein grauhaariger alter Matrose, den Toby und ich oft in Nukahiwa gesehen hatten, wo er im Hause Mowanna's, des Königs, ein bequemes, sorgenfreies Leben führte. Er war der Liebling des Letzteren und hatte im Rathe desselben eine gewichtige Stimme. Dieser Mann, der sich Jimmy nennen ließ, trug einen Manillahut und eine Art Schlafrock von Tappazeug, der aber lose und nachlässig genug an ihm hing, um sehen zu lassen, daß er an mehreren Stellen seines Körpers tättowirt war. Er hatte eine Angelruthe in der Hand, und an seinem Halse hing eine rußige alte Pfeife.

Dieser Abenteurer, der sich, nachdem er seinem früheren Beruf entsagt hatte, schon seit längerer Zeit in Nukahiwa aufhielt, verstand die Landessprache und wurde daher von den Franzosen oft als Dolmetscher gebraucht. Er war ein arger Schwätzer, der in seinem kleinen Canoe gern die in der Bai liegenden Schiffe besuchte, wo er die Mannschaft mit allerlei abenteuerlichen Geschichten unterhielt. Besonders erinnere ich mich noch, daß er uns von einem Ungeheuer erzählte, das nach seiner Versicherung eben damals auf der Insel lebte. Es sei, sagte er, ein in hohem Rufe der Heiligkeit stehender und zugleich als Zauberer berühmter alter Einsiedler, der in einer Höhle im Gebirge wohne, wo er ein Paar großer Hörner an seinen Schläfen vor den Augen der Welt verberge. Trotz des Rufes seiner Frömmigkeit aber sei dieser furchtbare alte Geselle der Schrecken der ganzen Umgegend, da man sage, er komme in jeder dunklen Nacht aus seinem Verstecke hervor und gehe auf die Menschenjagd aus. Ein gewisser Paul Pry habe einmal, von dem Gebirge herabkommend, einen Blick in seine Höhle geworfen und gesehen, daß sie voll von Gebeinen gewesen sei.

Doch ich kehre zu Toby zurück. So bald er den alten Abenteurer an der Küste sah, lief er auf ihn zu; die Eingeborenen folgten ihm und bildeten um Beide einen Kreis. Nachdem Jimmy ihn bewillkommt hatte, sagte er meinem Gefährten, daß ihm unsere Flucht von dem Schiffe und unser Aufenthalt bei den Typis längst bekannt sei. Mowanna sei zwar in ihn gedrungen, in das Thal der Letzteren zu gehen und nach einem Besuche bei seinen dortigen Freunden uns zurückzubringen, da sein königlicher Herr sehr begierig gewesen sei, den auf unsere Einbringung ausgesetzten Preis mit ihm zu theilen; aber er habe diese Zumuthung unwillig zurückgewiesen.

Hierüber erstaunte Toby nicht wenig, da keiner von uns es für möglich gehalten hätte, daß irgend ein weißer Mann bei den Typis freundschaftliche Besuche mache. Jimmy entgegnete ihm aber, ein Priester des Thales, der mit einem solchen in Nukahiwa in Verbindung stehe, sei ein Freund von ihm, und durch ihn sei er „tabu" geworden; übrigens komme auch er selten hieher, und fast nie gehe er dann weiter landeinwärts. Ferner sagte er ihm, er werde manchmal herübergeschickt, um für Schiffe in der Bai von Nukahiwa Früchte zu bestellen; auch dießmal sei er in dieser Absicht über die Happarberge gekommen. Um Mittag des nächsten Tages werden die Früchte in Bereitschaft für die Boote, welche er dann herüberbringen wolle, an der Küste in Haufen aufgestapelt liegen.

Hierauf fragte er Toby, ob er die Insel zu verlassen wünsche; wenn dem so wäre, so könnte er noch heute in einem Schiffe unterkommen, das im Hafen von Nukahiwa liege und Mangel an Mannschaft habe.

„Nein," erwiederte Toby, „ohne meinen Kameraden kann ich die Insel nicht verlassen. Ich ließ ihn oben im Thale zurück, weil man ihn dort nicht fortlassen wollte. Holen wir ihn jetzt!"

„Aber er könnte ja nicht mit uns über die Berge steigen," versetzte Jimmy, „wenn es uns auch gelänge, ihn hieher an die Küste zu bringen. Besser ist es, wenn er bis morgen im Thale bleibt, wo ich ihn dann in einem Boote nach Nukahiwa mitnehmen will."

„Das kann nicht sein!" erklärte Toby. „Gehen wir vielmehr sogleich und bringen ihn jedenfalls hieher!" Damit wollte er thalaufwärts eilen; aber kaum hatte er den Rücken gewandt, als ein Dutzend Hände ihn festhielten und keinen Schritt weiter ließen. Vergeblich waren seine Bemühungen, sich loszureißen, vergeblich seine Bitten. In seiner Herzensangst um mich beschwor er nun den alten Matrosen, allein nach mir zu gehen; aber dieser entgegnete, in der Stimmung, worin die Typi's sich eben jetzt befänden, würden sie ihm dieß nicht gestatten.

Damals hatte Toby keine Ahnung von dem, was er später mit gutem Grunde vermuthete, daß nämlich eben dieser Jimmy als ein herzloser Wicht durch seine Ränke die Eingeborenen veranlaßt habe, ihn zurückzuhalten, als er mich holen wollte. Es mußte dem Alten wohl bekannt sein, daß die Eingeborenen unter keinen Umständen uns Beide fortlassen würden; er wollte daher, ohne Rücksicht auf unseren Wunsch, nicht getrennt zu werden, Toby allein mit sich nehmen und zwar, wie es sich bald zeigte, aus einem sehr eigennützigen Grunde.

Von allem diesem wußte aber mein Freund damals nichts. Wieder suchte er sich von den Insulanern loszureißen, als Jimmy zu ihm trat und ihn warnte, sie nicht aufzureizen, wodurch er unsere beiderseitige Sache nur verschlimmern würde; kämen sie in Wuth, so ließe sich nicht voraussagen, was geschehen könnte. Endlich veranlaßte er Toby, in einem zerbrochenen Canoe neben einer steinernen Säule niederzusitzen, auf der sich ein zerfallener Schrein befand, der von vier aufrecht stehenden Rudern gestützt und vorne theilweise mit einem Netze bedeckt war. Die Fischer kamen hier zusammen, wenn sie vom Meere zurückkehrten, und legten ihre Opfergaben vor ein Götzenbild auf einen glatten schwarzen Stein innerhalb des Schreines. Dieser Ort, sagte Jimmy, sei „tabu" im strengsten Sinne des Wortes, und Niemand würde Toby belästigen oder ihm nahe kommen, so lange er im Schatten desselben bliebe. Der alte Matrose trat hierauf zu den Eingeborenen zurück und begann mit Momo und einigen andern Häuptlingen sehr eifrig zu reden, während alle Uebrigen einen Kreis um den Tabuort bildeten, indem sie Toby aufmerksam beobachteten und unaufhörlich mit einander sprachen.

Trotz dem, was Jimmy eben Toby gesagt hatte, währte es nicht lange, so kam ein altes Weib zu ihm und setzte sich neben ihn auf das Canoe. „Typi Mortaki?" fragte sie. „Mortaki nui (d. h. sehr gut)!" antwortete Toby. Dann fragte sie ihn, ob er nach Nukahiwa gehen wolle, und als er nickte, stand sie mit einer Wehklage und Thränen in den Augen auf und verließ ihn. Diese Alte war nach dem, was Jimmy später sagte, die Frau des greisen Königs eines durch einen tiefen Paß mit dem Typilande zusammenhängenden Binnenthälchens. Die Bewohner der beiden Thäler waren Blutsverwandte und unter demselben Namen bekannt. Die alte Frau war am vorhergehenden Tage in das Typithal gekommen und mit drei Häuptlingen, ihren Söhnen, bei ihren Verwandten auf Besuch.

Als die alte Dame Toby verlassen hatte, kam Jimmy wieder und sagte ihm, daß er eben die ganze Sache mit den Eingeborenen besprochen habe, und daß Toby nur Ein Weg übrig bleibe. Sie würden ihn nicht zu mir zurückgehen lassen, und gewiß würde es ihm und mir übel bekommen, wenn er die Küste nicht bald verließe. „Das Klügste ist daher," sagte er, „wenn wir jetzt ohne Verzug zu Lande nach Nukahiwa gehen. Morgen aber bringe ich Tommo, wie sie ihn nennen, zu Wasser; sie haben versprochen, ihn mir früh am Tage an die Küste zu schaffen, so daß es dann keinen Aufenthalt geben wird."

„Nein, nein!" sagte Toby verzweiflungsvoll; „so verlasse ich ihn nicht! wir müssen mit einander entkommen."

„Dann ist keine Hoffnung für Euch!" rief Jimmy; „denn, wenn ich Euch hier an der Küste zurücklasse, werdet Ihr, so bald ich fort bin, in das Thal zurückgeschleppt werden, und dann wird keiner von euch Beiden je mehr die See erblicken." Hierauf betheuerte und schwor er auf's feierlichste, wenn Toby nur heute mit ihm nach Nukahiwa ginge, so würde er mich sicherlich am nächsten Vormittage bei sich sehen.

„Woher wisset Ihr aber, daß sie ihn morgen an die Küste herabbringen werden, da sie dieß heute nicht thun wollen?" fragte Toby, den der Zweifel an des Alten Zuverlässigkeit sehr beunruhigte. Allein dieser wußte mancherlei Gründe dafür anzuführen, welche er alle mit gewissen geheimnißvollen Sitten und Gebräuchen der Insulaner so in Verbindung setzte, daß Toby durch seine Antwort um nichts klüger wurde. Sollte er mich allein und überdieß unwohl bei den Wilden zurücklassen? Zwar wenn er mit Jimmy ging, so durfte er wenigstens hoffen, mir Rath und Hülfe bringen zu können; dann kam ihm aber wieder der Gedanke, ob nicht vielleicht die Eingeborenen vor seiner Rückkehr mich anderswohin schaffen würden? Blieb er jedoch, so ließen sie ihn vielleicht nicht mehr in dem Theil des Thales, wo ich mich befand, zurück. Kurz, mein armer Kamerad befand sich in der größten Noth: er wußte nicht, was er thun sollte, und all' sein Muth half ihm jetzt nichts. Da saß er allein auf dem zerbrochenen Canoe, während die Eingeborenen in einem weiten Kreise um ihn her standen und ihn immer schärfer beobachteten.

„Es wird spät!" sagte Jimmy, der hinter den Uebrigen stand. „Nach Nukahiwa ist es weit, und ich kann durch das Happarland nicht bei Nacht gehen. Kommet Ihr mit mir, so macht sich Alles gut; wo nicht, so wird, verlasset Euch darauf, keiner von euch Beiden je die Freiheit sehen!"

„Es muß sein," sagte Toby endlich mit schwerem Herzen, — „ich will Euch vertrauen!" Damit trat er aus dem Schatten des kleinen Schreins hervor und warf einen langen Blick thalaufwärts.

„Jetzt haltet Euch dicht an meiner Seite," sagte der Alte, „und machen wir, daß wir so schnell als möglich fortkommen!"

Tinor und Fayaway traten nun herzu. Die gutherzige alte Frau umfaßte Toby's Kniee und brach in einen Strom von Thränen aus, während Fayaway, kaum weniger bewegt, einige englische Worte, die sie gelernt hatte, sprach, und dabei drei Finger in die Höhe hielt. In so vielen Tagen, wollte sie sagen, würde er zurückkehren. Endlich bugsirte der Alte Toby aus dem Gedränge hinaus, und nachdem er einen jungen Typi, der mit einem Ferkel in den Armen in der Nähe stand, herbeigerufen hatte, gingen alle Drei den Bergen zu.

„Ich habe ihnen gesagt, daß Ihr wieder kommen würdet," bemerkte Jimmy lachend, als sie bergan zu steigen begannen; „aber sie werden lange warten müssen!" Toby wandte sich um und sah die Eingeborenen alle in Bewegung: die Mädchen schwenkten zum Abschied ihre Tappa's und die Männer ihre Spieße. Als die letzte Gestalt mit erhobenem Arme und drei ausgestreckten Fingern in das Gehölz trat, überkam ihn eine tiefe Wehmuth.

Da die Eingeborenen endlich doch in seine Abreise einwilligten, so mochte wohl wenigstens ein Theil derselben wirklich auf seine baldige Rückkehr zählen, indem sie wahrscheinlich vermutheten, daß er, wie er ihnen auf dem Wege nach der Küste gesagt hatte, nur ginge, um Arzneimittel für mich zu holen. Auch Jimmy muß ihnen das gesagt haben, und wie früher, als Toby auf mein Zureden seinen gefährlichen Marsch nach Nukahiwa antrat, so betrachteten sie mich, da sie uns für unzertrennliche Freunde hielten, wohl auch jetzt als einen sicheren Bürgen für seine Rückkehr. Dieß ist jedoch nur eine Vermuthung von mir; Gewisses vermag ich nichts darüber zu sagen.

„Ihr sehet, was für ein Tabumann ich bin!“ sagte Jimmy, nachdem er eine Zeit lang schweigend den Bergpfad hinangestiegen war. „Momo hat mir dieses Ferkel zum Geschenke gemacht, und der Mann, der es trägt, wird mit uns gerade durch das Happarland nach Nukahiwa gehen. So lange er bei mir bleibt, ist er sicher, und ebenso ist es mit Euch und morgen mit Tommo; darum seid getrost und verlasset Euch auf mich! morgen Vormittag ist er wieder bei Euch.“

Der Berg war nicht sehr schwer zu ersteigen, da in der Nähe der See die Höhenzüge der Insel vergleichungsweise niedrig sind, so daß wir nach kurzer Zeit oben standen und beide Thäler zu unsern Füßen hatten. Die weißen Wasserfälle, welche das obere Ende des Typithales bezeichneten, zogen zuerst Toby's Blicke auf sich, und mit Hülfe derselben wurde es ihm leicht, Marheyo's Haus ausfindig zu machen.

Während Jimmy auf dem schmalen Bergkamme vor ihm herging, bemerkte Toby, daß das Thal der Happars sich nicht so weit landeinwärts zieht, als das der Typis, woraus sich ihm leicht erklärte, daß wir gegen unsere Absicht in dieses gekommen waren. Bald zeigte sich ein Pfad, der abwärts führte, und demselben folgend, langten wir Drei nach kurzer Zeit im Happarthale an. Dicht am Fuße des Berges stand in einer schattigen Ecke zwischen Bäumen ein Haus, in das Jimmy seine Begleiter führte. Zwei Weiber, welche sich darin befanden, begrüßten ihn herzlich, wie einen alten Bekannten, und verriethen in Beziehung auf Toby eine nicht geringe Neugierde; als jedoch die Nachricht von ihrer Ankunft sich verbreitete und die Happars sich zu versammeln begannen, zeigte es sich augenscheinlich, daß die Erscheinung eines weißen Mannes unter ihnen keineswegs für ein so wunderbares Ereigniß galt, als im Typithale.

Der alte Matrose bat jetzt die zwei Weiber, etwas zum Essen herbeizuschaffen, da er vor Nacht in Nukahiwa sein müsse. Eine aus Fischen, Brodfrucht und Bananen bestehende Mahlzeit wurde hierauf vorgesetzt, welche die drei Männer, inmitten einer zahlreichen Gesellschaft auf den Matten sitzend, einnahmen. Die Happars richteten viele Fragen über Toby an Jimmy, und Jener sah sich mit spähenden Blicken unter ihnen um, ob er nicht den entdecken könnte, welcher ihm die Wunde, an der er noch immer litt, beigebracht hatte. Aber dieser feurige Ritter, der mit seinem Spieße so rasch bei der Hand gewesen, war zartfühlend genug, sich nicht zu zeigen. Sein Anblick wäre für Toby schwerlich eine Versuchung gewesen, der Einladung zu folgen, welche einige Happars so höflich waren, an ihn zu richten. Sie drangen nämlich in ihn, einige Tage bei ihnen zu bleiben, da ein Fest bevorstehe; er lehnte es aber ab.

Diese ganze Zeit über hielt sich der junge Typi zu Jimmy wie dessen Schatten, und obgleich sonst so lebhaft wie irgend einer seines Stammes, war er jetzt so sanft und still wie ein Lamm, und öffnete den Mund nur zum Essen. Manche von den Happars sahen ihn mit seltsamen Blicken an; andere dagegen waren höflicher und schienen ihn mit sich nehmen und ihm das Thal zeigen zu wollen. Aber der Typi ließ sich nicht beschwatzen. Wie viele Ellen weit er sich, ohne die bindende Kraft des Tabus zu lösen, entfernen durfte, vermag ich nicht anzugeben; er selbst aber wußte es wahrscheinlich auf's allergenaueste. Auf das Versprechen eines rothen baumwollenen Tuches und eines andern Gegenstandes, den er aber geheim hielt, hatte dieser arme Junge einen ziemlich bedenklichen Auftrag übernommen. So viel Toby erfahren konnte, war etwas dergleichen noch nie vorgekommen.

Während nun mein Freund in dem Happarhause saß, beunruhigte ihn der Gedanke, mich allein zurückzulassen, mehr als je, und er wurde so traurig, daß er davon sprach, in das Thal zurückzukehren, und Jimmy bat, ihn eine Strecke weit zu begleiten. Der Alte aber wollte davon nichts wissen und drang, um ihn auf andere Gedanken zu bringen, in ihn, von dem insulanischen Punsche „Arva" zu trinken, der zum Schlusse der Mahlzeit aufgetragen worden war und in einem flachen Flaschenkürbisse im Kreise umherging. Da Toby die betäubende Wirkung dieses Getränkes kannte, weigerte er sich anfangs; als jedoch Jimmy sagte, er werde etwas darein mischen und es dadurch zu einem harmlosen Getränke machen, das ihnen für den übrigen Theil ihrer Reise Kraft und Munterkeit verleihen würde, so ließ er sich endlich bewegen, davon zu trinken, und in der That war seine Wirkung auf ihn genau die von Jimmy vorhergesagte: seine Niedergeschlagenheit verschwand, und frischer Muth beseelte ihn.

Der alte Abenteurer begann jetzt seinen wahren Charakter zu enthüllen. „Wenn ich Euch auf ein Schiff bringe," sagte er, „so werdet Ihr gewiß einem armen Manne etwas für Eure Rettung geben." Kurz, er bewog Toby zu dem Versprechen, ihm ein Geschenk von fünf spanischen Thalern zu machen, wenn dieser auf dem Schiffe, an dessen Bord sie gehen wollten, einen Theil seines Lohnes vorausbezahlt bekommen könnte. Für meine Befreiung verhieß Toby noch eine besondere Belohnung.

Bald darauf machten sie sich, von vielen Eingeborenen begleitet, wieder auf den Weg, gingen das Thal hinauf und schlugen am obern Ende desselben einen steilen Pfad ein, der nach Nukahiwa führte. Hier blieben die Happars stehen und sahen ihnen nach, indem sie ihre Spieße schwangen und drohende Blicke auf den armen Typi warfen, dessen Herz und Füße viel leichter zu werden schienen, als er von oben auf sie hinabblicken konnte.

Als sie auf der Höhe angelangt waren, führte ihr Weg mehrere mit riesigen Farrenkräutern bedeckte Bergkämme entlang. Endlich kamen sie in eine bewaldete Schlucht und holten daselbst eine Schaar Eingeborener des Nukahiwathales ein, welche wohl bewaffnet waren und Bündel langer Stangen trugen. Jimmy schien sie alle sehr wohl zu kennen, blieb eine Weile bei ihnen stehen und plauderte mit ihnen von den „Wiwi's," wie sie die Franzosen nannten. Es waren Leute des Königs Mowanna, auf dessen Befehl sie die Stangen für seine Verbündeten, die Franzosen, gehauen hatten.

Diese Insulaner mit ihren schweren Lasten hinter sich lassend, eilten die Drei jetzt wieder vorwärts, da die Sonne schon tief am westlichen Himmel stand. Sie näherten sich dem Thale von Nukahiwa an einer Seite der Bai, wo das Hochland sich bis zum Meere hinabsenkt. Die französischen Kriegsschiffe lagen noch in dem Hafen, und beim Anblicke derselben erschienen Toby die seltsamen Erlebnisse der letzten Zeit wie ein Traum.

Bald stiegen sie gegen die Küste hinab, und noch ehe es ganz dunkel war, befanden sie sich in Jimmy's Hause. Hier begrüßte den Letzteren sein Weib, eine Eingeborene von Nukahiwa, und nachdem diese sie mit Kokosnußmilch und Poi-poi regalirt hatte, stiegen alle Drei, da der Typi seinen Beschützer nicht verlassen durfte, in ein

Canoe und ruderten nach einem Wallfischfänger, der unweit der Küste vor Anker lag.

Dieß war das Schiff, dem es an Mannschaft fehlte. Unser eigenes war einige Zeit vorher abgesegelt. Der Kapitän zeigte sich sehr erfreut, als er Toby sah, hielt ihn aber wegen seines herabgekommenen Aussehens für dienstunfähig. Nichtsdestoweniger verstand er sich dazu, ihn, sowie auch seinen Kameraden, so bald dieser ankäme, an Bord zu nehmen. Trotz Jimmy's Versprechungen bat Toby dringend um ein bewaffnetes Boot, um damit nach der Typibai zu rudern und mich zu befreien. Aber der Kapitän wollte nichts davon hören und ermahnte ihn, nur Geduld zu haben, da der alte Matrose sein Versprechen halten würde. Auch die fünf Silberthaler für Jimmy wollte der Kapitän ihm nicht geben; aber Toby bestand darauf, da er jetzt zu argwöhnen begann, Jimmy sei ein bloßer Söldling, der, wenn er ihn nicht gut bezahlte, ohne Zweifel wortbrüchig werden würde. Daher gab er ihm nicht bloß das versprochene Geld, sondern auch die wiederholte Versicherung, daß er, so bald er mich an Bord des Schiffes brächte, eine noch größere Summe empfangen würde.

Am nächsten Tage fuhren Jimmy und der Typi vor Sonnenaufgang in zwei zu dem Schiffe gehörigen Booten ab, welche mit Tabuinsulanern bemannt waren. Toby trug das lebhafteste Verlangen, sich ihnen anzuschließen; aber Jimmy sagte, dadurch würde er Alles verderben. So schwer es ihn daher ankam, mußte er sich doch zum Bleiben entschließen.

Gegen Abend war Toby auf der Wache im Mastkorbe und sah die zurückkehrenden Boote um die Landspitze rudern und in die Bai einlaufen. Er bot seine ganze Sehkraft auf, mich zu entdecken; aber ich war nicht da. Den Mast hinabgleitend, packte er Jimmy, als dieser das Verdeck betrat, und rief in einem Tone, vor dem derselbe zusammenfuhr: „Wo ist Tom?“ Der Alte zögerte mit der Antwort, faßte sich aber bald und that Alles, um ihn zu beruhigen, indem er ihm versicherte, es sei unmöglich gewesen, mich diesen Morgen an die Küste herab zu bekommen. Er führte dafür allerlei Gründe an, die sich wohl hören ließen, und setzte hinzu, daß er in der Frühe des nächsten Morgens die Bai in einem französischen Boote wieder besuchen würde, wo er dann, wenn er mich nicht, wie er zuversichtlich erwarte, an der Küste fände, geradezu in das Thal hinauf marschiren und mich auf jede Gefahr hin wegführen wolle. Toby's Begleitung aber lehnte er abermals entschieden ab.

In der Lage, in welcher Toby sich befand, beruhte seine einzige Hoffnung auf diesem Jimmy, und er mußte sich daher, so gut er konnte, mit dem zu trösten suchen, was der alte Matrose ihm gesagt hatte. Am folgenden Morgen hatte er jedoch die Befriedigung, wirklich ein französisches Boot mit Jimmy abrudern zu sehen. Heute Abend wird er also hier sein! dachte er. Aber kaum war das Boot außer Sicht, als der Kapitän die Anker zu lichten befahl. Vergeblich war alles Flehen und Toben meines armen Kameraden, — man achtete nicht darauf, und als er wieder zu sich selbst kam, flatterten die Segel schon frei im Winde, und das Schiff entfernte sich rasch von der Küste.

„O!“ sagte Toby bei unserem Wiedersehen in der Heimath zu mir, „wie viele schlaflose Nächte habe ich durchseufzt! Versank ich in einen unruhigen Schlummer, so fuhr ich oft, Dich vor mir zu sehen träumend, von meiner Hängematte auf, und wenn ich mich dann vom Gegentheile überzeugte, machte ich mir von Neuem die bittersten Vorwürfe, Dich auf der Insel zurückgelassen zu haben.“

* * *

Wenig ist mehr zu berichten. Toby verließ jenes Schiff in Neu-Seeland und langte nicht ganz zwei Jahre, nachdem er die Marquesasinseln verlassen hatte, wieder in der Heimath an. Er hielt mich immer für todt, und auch ich hatte allen Grund, zu vermuthen, daß er nicht mehr am Leben sei; aber ein fröhliches Wiedersehen war uns aufbehalten, das namentlich Toby's Herz sehr erleichterte.

www.ingramcontent.com/pod-product-compliance
Lightning Source LLC
Chambersburg PA
CBHW060803310726
48980CB00002B/208

* 9 7 8 3 8 4 6 0 8 1 7 6 1 *